EISSCHWIMMEN

MIX
Papier aus verantwortungsvollen Quellen
FSC® C022357
www.fsc.org

Conny Bischofberger:
Eisschwimmen

www.edition-a.at

Cover: Valeriya Gridneva
Satz: Isabella Starowicz
Korrektorat: Maria Fatoba

Gesetzt in der Garamond
Gedruckt in Österreich

1 2 3 4 5 — 25 24 23 22 21

ISBN 978-3-99001-544-5

Conny Bischofberger

EISSCHWIMMEN

Roman

edition a

»Es sind zwei Spiegel notwendig, um ein vollständiges Bild von sich zu bekommen.«

– Patricia Highsmith

1

Das war wieder eine grandiose Idee von ihr gewesen, im zu Ende gehenden Sommer auf eine einsame Schäreninsel vor der schwedischen Westküste zu fliegen. Schon im Flixbus vom Flughafen Landvetter ins Stadtzentrum von Göteborg stellten sich bei Isabella erste Zweifel ein. Wie immer, wenn sie sich, überwältigt von Übermut, etwas vollkommen Verrücktes ausgedacht hatte. Fünf Länder wollte sie diesmal in zwölf Tagen bereisen. Auf und davon, als müsste sie das irrwitzige Tempo ihres Berufs auch während einer Auszeit aufrechterhalten. Von den Schären nach Südengland, von London ins Baskenland, über San Sebastián nach Biarritz und schließlich vom 800 Kilometer entfernten Porto zurück nach Wien. Ihrer Freundin Kathi war schon bei der Vorstellung schlecht geworden. »Wie kannst du dich da erholen?«, hatte sie besorgt gefragt. Die Psychologin fuhr im Sommer seit Jahrzehnten in dasselbe bewährte Hotel an der Riviera, wo sie unter einem Sonnenschirm im Liegestuhl vor sich hindöste und an den späten Nachmittagen nach dem Genuss mehrerer Cocktails shoppen ging. Einen gemeinsamen Urlaub hatten sie deshalb immer vermieden. Isabella sah Urlaub nicht als Flucht vor dem Alltag. Sie konnte mit dem viel strapazierten Begriff der Work-Life-Balance nichts anfangen. Sie machte keinen Unterschied zwischen ihrer Arbeit und dem Leben. Sie lebte durch ihre Arbeit, sie schöpfte Energie aus Bewegung, sie wollte nicht zur Ruhe oder in Balance kommen, die Unruhe faszinierte sie weitaus mehr.

Die Klimaforscherin Helga Kromp-Kolb, die sie vor ihrem Abflug interviewt hatte, wäre *not amused* gewesen.

Es sei eine Frage des persönlichen Verantwortungsgefühls, ob man noch herumjette, als sei nichts geschehen, hatte die renommierte Wissenschafterin im Gespräch mit der Journalistin Isabella Mahler einem Millionenpublikum erklärt. Und dass die Hitze die Menschen letztlich umbringen werde, wenn nicht alle – Politik, Wirtschaft, jede und jeder Einzelne – konsequent handeln würden. Jetzt.

»Für diese Erkenntnis brauch ich keinen Klimaforscher«, spöttelte Thomas Prinz auf WhatsApp, nachdem sie ihm den Teaser für die Story zur Voransicht geschickt hatte, »in 4,9 Milliarden Jahren macht's ein letztes Mal zisch, und die Erde ist weg.« Dazu ein Zwinker-Smiley. Ihr bester Freund machte kein Hehl daraus, ein genderverachtender Zyniker zu sein. Diese zweifelhaften, seiner Meinung nach jedoch durchaus nützlichen Charaktereigenschaften machte der Banker mit Charme und Humor wett. 28000 Klicks generierte Isabellas Ankündigung auf Twitter in 24 Stunden, in der Online-Ausgabe ihrer Tageszeitung war das Interview mit ein paar Hunderttausend Postings meistkommentiert.

Fröstelnd betrachtete Isabella das Baby, das neben ihr in der letzten Reihe auf dem Schoß seiner Mutter hin- und herwippte. Es sah vollkommen zufrieden aus. Von wegen Hitze, dachte sie und verdrängte den Gedanken an ihren ökologischen Fußabdruck. Sie öffnete den kleinen Samsonite und fischte die dünne, mitternachtsblaue Strickjacke aus dem Koffer. In Schweden war es deutlich kühler als in Österreich. Isabella blickte aus dem Fenster. Am blassroten Abendhimmel kroch hinter einer wuchtigen Wolkenformation der volle Mond hervor. 21.50 Uhr. Wenn sie Glück hatte, erreichte sie das vorletzte Schiff auf die südlichste Insel um 22.35 Uhr.

In der Straßenbahnlinie 11 zum Göteborger Fährenterminal las sie den Roman weiter, den sie im Flugzeug begonnen hatte. *Der Brand* erzählte die Geschichte eines Ehepaares, das sich im Lauf der Jahre verloren hatte. Die Dynamik innerhalb konventioneller Beziehungen faszinierte Isabella. Es lief ihrer Meinung nach immer auf dasselbe hinaus: Erwartungen, Unausgesprochenes, dazu der Alltag, das funktionierte auf Dauer nur mit großen Zugeständnissen. Zu groß für Isabella.

Ihr Coach hatte recht behalten, das Lesen beflügelte ihre Gedanken. Wer so viel schreibt, muss zwischendurch auch viel lesen, hatte Michael gemeint, als Isabella ihm ihre Krise geschildert hatte. Sie konnte nicht mehr zuhören, sie konnte nicht mehr denken, sie konnte nicht mehr schreiben. Ihr war alles gleichgültig geworden. Alles hatte die gleiche Gültigkeit, nichts war mehr wert. Begleitet wurde ihr Zustand von Appetitlosigkeit und einem eigentümlichen Rieseln im Kopf. Es fühlte sich an, als würde unaufhörlich Flüssigkeit auf ihre linke Gehirnhälfte rinnen. Die Gehirnzellen durften in ihrer Vorstellung aber keinesfalls nass werden und aufquellen, ansonsten würde sie endgültig verrückt werden. Das penetrante Tröpfeln hatte einen ganz eigenen Takt. Es klang wie das immer lauter werdende Ticken einer Stoppuhr, wie der Countdown zu einer Katastrophe. Eine Ortsveränderung würde dir guttun, befand Michael, und mit dem Rieseln sollte sich vorsichtshalber ein Psychiater befassen.

Seit sie sich erinnern konnte, liebte Isabella das Reisen, mehr noch als das Ankommen. Sie war gerne in Bewegung und genoss bereits die Vorstellung des Unterwegsseins. Bei der Planung folgte sie stets ihrem Instinkt. Diesmal war es jedoch anders gewesen. Es wollte sich einfach keine Reiselust einstellen, sie hätte sich viel lieber zu Hause verkrochen. Aber dann suchte sie nach einer Route, die sie herausfordern würde. Ein bisschen Norden, ein bisschen Süden. Haupt- und Küstenstädte. Nordsee und Atlantik. Kein Psychiater.

Als sie die Fähre in Göteborg-Salholmen betrat, fühlte sie sich erschöpft und aufgekratzt zugleich. Die Namen der Inseln, die sie gleich ansteuern würde, endeten alle auf »ö«: Asperö, Brännö, Köpstadsö, Styrsö, Donsö. Es war kurz vor Mitternacht, als Isabella bei der Endstation, in Vrångö, von Bord ging.

Mit letzter Kraft zog sie ihr Handgepäck durch die vom Mondschein beleuchteten schmalen Wege zur Airbnb-Wohnung im Gartentrakt eines weißgetünchten Hauses. Auf einem Mast wehte die blau-gelbe schwedische Flagge. Die Luft roch nach Salz und Heidekraut. Isabella atmete tief durch, tippte den fünfstelligen Code in das Display neben dem Eingang und betrat das Apartment.

2

Den letzten Abend vor ihrer Reise hatte sie mit Thomas Prinz verbracht. Der Investmentbanker war ein Jahr zuvor durch ein Missgeschick in ihr Leben geplatzt. Sie hatte nach zwei Gläsern Champagner seinen Aston Martin gerammt und wollte den Vorfall eigentlich rasch und versicherungstechnisch professionell abwickeln, nichts weiter. Aber dann überraschte sie dieser Mann mit seiner Großzügigkeit und Exzentrik, seinem ehrlichen Interesse für ihre Arbeit, mit Geschichten aus der ihr fremden Hochfinanz, mit seinen leicht snobistischen Weltanschauungen. Investmentbanker. Isabella hatte sich nie für diesen Beruf interessiert, gewöhnlich langweilten sie Geldthemen, außer es war Psychologie im Spiel. Prinz aber war ein begnadeter Erzähler. Er verstand es, selbst die Post-Covid-Strategie der Geldhäuser dramaturgisch spannend zu erklären. Und es hatte etwas Überzeugendes, wenn er ohne jeden Selbstzweifel darlegte, wie er die Dinge sah.

Isabella schrieb zu dieser Zeit gerade unzählige Mails an einen Fremden. Österreich-Geschäftsführer bei Amnesty International. Sie hatte den Mann im Fernsehen gesehen und war von seiner Stimme elektrisiert gewesen. Nach zehn Jahren das erste Mal wieder verliebt – in ein Phantom, wie sich herausstellen sollte. Prinz kommentierte den Mailverlauf wie ein spannendes Experiment, der Ausgang schien für ihn klar. »Irgendwann wird er sich aus seiner Deckung herauswagen und seine Frau betrügen.« Eine geringe Wahrscheinlichkeit, dass dem NGO-Aktivisten die Angelegenheit doch zu heiß werden könnte, räumte er allerdings ein.

Er selbst war auch verliebt gewesen. In eine attraktive Staatsanwältin, die sich mit Prinz zwar regelmäßig verabredete, jedoch nie einen Zweifel daran ließ, dass sie ihrem Verlobten treu bleiben würde. »Der teuerste Wangenkuss meines Lebens«, zog er sarkastisch Bilanz über seine Bemühungen. Die Nächte mit Jay hatten ihn bereits ein kleines Vermögen gekostet. Dinner in Luxusrestaurants, dazu Jahrgangschampagner, Prinz hatte alle Register gezogen. Noch immer hielt er es keineswegs für unwahrscheinlich, dass die Angebetete sich eines Tages erkenntlich zeigen und schwach werden könnte.

Isabella hörte ihm gern zu. Ihr erging es ähnlich. Sie hatte ihre ganze Energie in die Sache gelegt, zu mehr als gefühlvollen Mails und einem Kuss im Regen hatte es allerdings nicht gereicht.

So bildeten sie eine Art Schattenpaar, das Hoffnung auf Nähe mit jemand Unerreichbarem teilte, aber auch die Angst davor. Es verband sie das Wissen um die Aussichtslosigkeit und die Frage, wie sie sich so verstricken lassen konnten in Gefühle, die ihnen an sich fremd waren. Irgendwo dazwischen waren Isabella und Prinz langsam Freunde geworden.

»Lust auf Weiß gespritzt bei HH?« Isabella richtete gerade die automatische Antwortfunktion ihres Mailprogramms ein, als seine WhatsApp-Nachricht einlangte. Knapp und mit meist englischen Codes, so kommunizierte Prinz am liebsten. TD kommentierte er etwa, wenn sein Angebot für ein IPO – *Initial Public Offering* – ein paar Sekunden zu spät rausgegangen war. Es stand, beabsichtigt übertrieben, für *Total Disaster*. CCT war eine schmeichelhafte Bezeichnung für Isabella, wenn er, zumeist aus selbstsüchtigen Gründen, seinen Charme bei ihr spielen ließ. Es bedeutete *Coolest Cat in Town*. Manchmal nannte er sie auch TM, *Tough Monkey*. Isabella bedankte sich manchmal mit YSFN für hingenommene Terminverschiebungen. *You're so flexible and nice*. So hatte sich mit der Zeit eine Art Geheimsprache zwischen ihnen entwickelt. Mit HH war Hengl-Haslbrunner gemeint, ein Wiener Traditions-Heuriger in der Döblinger Iglaseegasse.

»Why not?«, schrieb Isabella, obwohl sie weder gepackt noch die diversen Corona-Einreise-Links ausgefüllt hatte. Einen Gurgeltest musste sie auch noch machen, den verlangten die Briten, obwohl sie bereits genesen und geimpft war. Wahrscheinlich als Strafe dafür, dass Österreich noch immer nicht aus der Europäischen Union ausgetreten war.

Mach ich alles morgen, dachte Isabella, und fischte noch die interessantesten Magazine aus dem meterhohen Zeitungsstoß auf ihrem Schreibtisch. Lesestoff für unterwegs. Es war Samstagabend, ihr Flug nach Göteborg ging erst am Sonntagnachmittag.

Im Schatten eines weitverzweigten Walnussbaumes schenkte Prinz ihr später an einem der Holztische im Innenhof Soda mit Weißwein ein. »Das Soda zuerst«, erklärte er. »Cheers!« Sie stießen eine Spur zu fest mit ihren Gläsern an, lachten eine Spur zu laut, wie sie fast alles übertrieben, auch das Trinken.

»Schon im Reisefieber?«, fragte Prinz und zelebrierte den ersten Schluck.

»Gar nicht«, sagte Isabella. Sie war sehr müde. »Eigentlich würde ich lieber in Wien bleiben.«

»Ist normal«, fand Prinz, »morgen wird es dich noch Überwindung kosten, aber dann wirst du es lieben! Ich beneide dich.«

Isabella genoss seine Bewunderung und das Prickeln des Weines auf ihrer Zunge. Gleich würde sie eine Leichtigkeit spüren und dem Gedanken, an diesem Abend für lange Zeit das letzte Mal in ihrem eigenen Bett zu schlafen, keine weitere Aufmerksamkeit mehr schenken.

»Was hältst du von Speck?«, fragte Isabella. »Mir ist gerade eingefallen, dass ich heute noch gar nichts gegessen habe.« Speck hatte sie schon als Kind allen Süßigkeiten vorgezogen. Auf die Frage, ob sie gerne ein Stück Schokolade möchte, hatte Bella, wie sie als Kind genannt wurde, der Überlieferung nach stets mit »Lieber ein Speckbrot!« geantwortet.

Prinz winkte den Kellner herbei. »Einmal Brettljause für zwei. Und noch eine Karaffe Wein.«

»Morgen um diese Zeit sitze ich schon im Flieger«, überlegte Isabella laut und rollte ihre Augen.

»Ryanair, my favourite«, grinste Prinz. Er hatte sich eines Tages geschworen, nie mehr mit Billig-Airlines zu reisen und es auch durchgezogen. Isabella war das vollkommen egal, sie konnte sich jeder Situation anpassen. Und wenn es der Mittelsitz im Flieger zwischen zwei Übergewichtigen oder, wie es neuerdings hieß, Mehrgewichtigen sein sollte.

Einmal waren sie und Prinz schon gemeinsam verreist. Drei Tage Barcelona, Brainstorming für eine Buchidee. Prinz fand, dass Gedanken nur dann ihre Richtung änderten, wenn man sie in einer ungewohnten Umgebung spielen ließ, vorzugsweise am Meer. Er hatte sich um die Flüge gekümmert (nicht Ryanair), sie das Hotel gebucht. Zwei getrennte Suiten im fürstlichen *Avenida Palace*, Dachterrasse mit Pool und 360-Grad-Blick über Barça inklusive. An einem der Abende waren sie einander nach vielen Tapas und noch mehr Cavas zum ersten Mal nähergekommen. Es war keine zärtliche Geste gewesen, sondern eher Isabellas Alkoholspiegel geschuldet, dass sie sich im Taxi zum Hotel an seiner Schulter angelehnt hatte. Prinz jedoch hatte sie auf den Mund geküsst.

Isabella war so überrascht gewesen, dass sie den Kuss gar nicht erwidern oder gar genießen konnte. Sie war sich damals nicht sicher, ob ihr das leidtat.

Am nächsten Morgen stand etwas zwischen ihnen.

»Weißt du noch, was du gestern gemacht hast?«, hatte Isabella gefragt und seinen Blick gesucht.

»Was denn?« Entweder spielte er das Unschuldslamm, oder er hatte wirklich keine Ahnung.

»Du hast mich geküsst.«

»Really?«, fragte er. Seine grünen Augen blieben ernst. »Es ist mir peinlich, aber ich kann mich wirklich nicht mehr erinnern. Sorry.«

Okay, dachte Isabella, so leicht sollte er jedenfalls nicht davonkommen.

»Schade, dass du dich entschuldigst«, lächelte sie treuherzig, »und es offenbar nur ein Versehen war.«

Da stellte Prinz seine Espressotasse ab. »Du musst wissen, dass ich keine Beziehung anstrebe. Mir reichen schon zwei kaputte Ehen und die Sache mit Jay. Ich möchte, dass zwischen uns alles so bleibt, wie es ist. Easy going.«

Das wollte Isabella jetzt genauer wissen. »Ich strebe auch nichts an, was landläufig Beziehung genannt wird«, erklärte sie, »aber das Küssen fand ich eigentlich ganz schön.«

Prinz wurde deutlicher. »Küssen führt unabdingbar zu Sex. Sex macht alles kompliziert. Vor allem aber macht Sex süchtig.«

Isabella überlegte, ob er mit These Nummer zwei recht haben könnte. »Blödsinn«, lachte sie dann, »ich glaube das nicht.« Sie ließ offen, was sie genau meinte. Der Hinweis auf die Sucht aber hatte sie neugierig gemacht.

Kurz versuchte sie sich vorzustellen, wie es wäre, Sex mit Prinz oder überhaupt je wieder Sex zu haben. Sie fühlte nichts, jedenfalls nicht für Prinz. Deshalb sagte sie: »Also ich hab nichts dagegen, wenn wir das mit dem Sex bleiben lassen.«

»Great«, erwiderte Prinz.

Inzwischen stand ein Holzteller mit Speck, Braten, Pfefferoni und Kren zwischen ihnen. Isabella hatte Hunger, aber keinen Appetit.

»Wie geht's dir eigentlich mit Jay?«, fragte sie.

»Hab sie lange nicht mehr gesehen«, antwortete Prinz. »Vielleicht ist sie schon verheiratet und erwartet ein Kind.«

Er biss in einen Pfefferoni und machte dabei eine abweisende Handbewegung.

»Und bei dir? Denkst du noch an diesen Regner?«

»Öfter als mir lieb ist«, antwortete Isabella ehrlich. »Obwohl es schon über ein Jahr her ist, dass er mich einfach abgedreht hat.« Die Kränkung, die sein plötzliches Schweigen bei ihr ausgelöst hatte, saß noch immer tief. »Ganz ehrlich. Verstehst du, warum er mir das nicht persönlich sagen konnte?«

»Schon«, nickte Prinz. »Er hätte sich selbst eingestehen müssen, dass er ein Gefangener seiner kleinen, biederen Welt ist. Deshalb hat er geschwiegen.« In seinen Augen lag jetzt etwas Spöttisches. »Dieser Mann verbringt ein Leben im Fegefeuer.«

Zögerlich aß Isabella ein paar Scheiben Speck. Er schmeckte nicht so, wie sie sich erhofft hatte. Das passierte ihr beim Essen immer öfter. Der Alkohol entfaltete auch nicht mehr die aufpeitschende Wirkung.

»Ich wünsche mir nur eines«, sagte sie schließlich. »Er soll sich noch ein letztes Mal bei mir melden, damit ich ihm nicht mehr antworten kann.«

Prinz lachte. »Vielleicht bekommst du diese einmalige Chance ja noch.«

Es war inzwischen dunkel geworden. Der Kellner war schon zum zweiten Mal an ihren Tisch gekommen, um anzumerken, dass der Heurige gleich schließen würde. Sie waren die letzten Gäste. »Du bist natürlich eingeladen«, erklärte Prinz. »Ich würde jetzt noch liebend gern einen japanischen Whisky in der Bristol Bar ausgeben, aber ich glaube, du solltest wirklich schlafen gehen.« Wieder einmal war er sich seiner Sache hundertprozentig sicher. Sie widersprach nicht. Dann bestellte Prinz ein Taxi, mit dem er sie bis vor ihre Haustür brachte.

»Have fun, Dearest!«, wünschte er Isabella zum Abschied und schickte ihr einen Kuss. Müde winkte sie ihm nach. Sie ahnte, dass seine Nacht noch nicht zu Ende war.

3

Als Isabella aufwachte, sah sie nur weiß. Weiße Vorhänge, weiße Möbel, weißes Licht. Wo bin ich, dachte sie, schloss noch einmal die Augen und zog sich die Decke über ihre eiskalten Schultern. Sie hatte geträumt, dass eine schwarze Raupe alle Pins, Mails, Fotos und Apps aufgefressen hatte. Reservierungen, Boardingpässe, Coronatests: verschlungen. Isabella stand schreiend daneben und flehte die Raupe an, wenigstens die Telefonnummern wieder auszuspucken. Die Raupe schmatzte und grinste. Dann verwandelte sie sich in einen violetten Schmetterling und flog davon.

Das Gefühl, vollkommen verloren zu sein, saß Isabella noch in den Knochen, als sie sich ins Bad schleppte. Jeder Muskel tat ihr weh. Aus dem Spiegel blickten sie zwei ernste Augen an, ihre Haut sah wie zerknittertes Pergamentpapier aus, blass und mit feinen Linien überzogen. Sie klatschte sich kaltes Wasser ins Gesicht. Die Hyaluron-Creme, die sie in die Falten klopfte, hatte die Wirkung einer Träne im Ozean.

In der Küche fand sie zwar Kaffee, aber keine Milch und keinen Zucker. Sie schlüpfte in ihre weißen Jeans und die rosa Bluse vom Vorabend, duschen konnte sie auch später noch.

Was mach ich bloß hier, dachte Isabella, als sie aus dem Haus trat. Vor ihren Augen breitete sich die schwedische Insel wie ein Arrangement aus weißen Puppenhäusern aus. In den Vorgärten thronten Relikte aus der Wikingerzeit. Rostige Anker, zu Gartenpavillons umfunktionierte Schiffskabinen. Manchmal glaubte sie, an den Fenstern Umrisse von Bewohnern zu erkennen. Stille. War sie der einzige Mensch auf Vrångö an diesem Montagmorgen? Nur Vogelgezwitscher hörte sie und ein monotones Summen, das Isabella nicht zuordnen konnte. Dann erblickte sie die kleinen, grauen Roboter. Überall krochen sie über die stoppelkurz geschorenen Rasen, kletterten an Steinen vorbei hinter Büsche, fraßen sich munter weiter, summten unaufhörlich dabei.

Isabella lief Richtung Hafen. Auf den Wiesen hatte der Wind die Brombeer- und Hagebuttenstauden niedergepeitscht. Riesige Felsen, die in der Sonne glitzerten, umsäumten das Dorf zum Meer hin, in den Feuchtwiesen blühte der Dost. Bei der Schiffsanlegestelle hörte sie endlich Stimmen. An einem Tisch auf der Terrasse des einzigen Cafés bissen fünf Männer von ihren Käsebroten ab und tranken Cola. »Closed!«, riefen sie, als Isabella sich näherte. Sie musste schon von weitem als Touristin erkennbar sein. »I need milk for my coffee«, rief sie zurück. Der *Mattaffär* öffne in einer Stunde, wurde ihr gedeutet, der Supermarkt liege am anderen Ende der Insel. Isabella bereute jetzt, hierhergekommen zu sein.

In diesem Moment klingelte ihr Handy. Eine junge Kollegin aus Wien entschuldigte sich für die Störung, aber es sei dringend. »Ich bin grad auf einer Schäreninsel vor Göteborg«, erklärte Isabella, aber das schien die Anruferin nicht zu stören. Auch ihren Hinweis, dass sie erst in zwei Wochen wieder in der Redaktion sein werde, ignorierte sie geflissentlich. »Der Chef vom Dienst lässt fragen, ob du vielleicht Birgit Lauda interviewen könntest?« Die Ehefrau des verstorbenen Formel-1-Weltmeisters und Airline-Gründers war bei den Salzburger Festspielen erstmals wieder mit einem Mann an ihrer Seite erschienen,

Isabella hatte es im Flieger nach Göteborg gelesen. »Neue Liebe!«, titelten die österreichischen Zeitungen, und die Society-Reporter lieferten sich ein Wettrennen, wer von ihnen dem frischen Paar als Erstes ein Interview oder zumindest einen Stehsatz entlocken würde. Offenbar erfolglos. Isabella Mahler hatte Niki Laudas Biografie geschrieben, sie sollte die Sache jetzt in die Hand nehmen.

Da stand sie nun auf den Schären, ihr Haar vom Wind zerzaust, auf der Suche nach Milch für ihren ersten Kaffee, und fühlte sich hin- und hergerissen. Der Gedanke, von Schweden aus noch ein Interview zu liefern, einen Coup, mit dem sie in Österreich alle überraschen würde, gefiel ihr. Sie spürte, wie schwer es ihr fiel, loszulassen. Sie verstehe die Lage, erklärte sie nach einer kurzen Nachdenkpause mit fester Stimme. »Ich habe mir aber vorgenommen, eine Pause einzulegen. Und ich bin sicher, dass du es genauso schaffen wirst!«, fügte sie hinzu und sandte der Kollegin den Kontakt der Witwe. Insgeheim befürchtete Isabella, dass wahrscheinlich die deutsche *Bild*-Zeitung das Rennen machen würde.

Dann nahm sie die Südroute zurück ins Dorf. Vorbei an felsigen Stränden mit Austernkraut und Lavendel, der ins Meer wuchs und das Wasser lila färbte, an Sandbuchten mit Meerroggen, wilden Orchideen und grasenden schwarzen Schafen. Isabella sammelte ein paar Schneckenschalen und Muscheln und Steine, sie würden sie zu Hause am Küchentisch noch lange an diesen Ort erinnern. Als Kind hatte sie Steine aus dem eiskalten Bach neben ihrem Haus »gerettet« und sie nachts im Bett gewärmt. Sie kam an einem Friedhof vorbei und hatte plötzlich Lust, sich auf die mit Moos bewachsene Mauer zu legen. Über ihr wogen sich die Äste der Birken im Wind. Wenn sie den Kopf zur Seite drehte, konnte sie die Tafeln mit den Namen und Berufen der Begrabenen lesen. Olof und Oscar Julin, *Litsförmannen*. Olle Carlsson und Erik Bolin, *Pilotmästare*. Sie musste an Igor denken, einen Journalisten, bei dessen Waldbegräbnis sie vor ihrer Abreise gewesen war. »Wollen wir mal einen Kaffee trinken?« Der Kollege hatte sie nicht nur einmal um ein bisschen Zeit gebeten. Isabella hatte immer freundlich genickt. »Machen wir demnächst!« Dann war er gestorben. Ihr war plötzlich elend zumute.

Sie wanderte weiter durch schattige Laubwälder, in denen sie Nachtigallen singen und Turmfalken schreien hörte. Vrångö war ein Natur- und Vogelschutzgebiet, es gab hier Möwen, Sperber, Waldohreulen und Feldlerchen. Keine Autos. Die Insel war mehrfach ausgezeichnet für vorbildliche Umweltschutzmaßnahmen von der *Climate Awareness Initiative*. Dass sie sich an einen solchen Ort zurückzog, wenn auch nur für drei Tage, würde die Klimaforscherin vielleicht versöhnlich stimmen, überlegte Isabella. Das Thema beschäftigte sie. Die Ausbeutung des Planeten, die Verschmutzung der Meere und der Luft, die Rodung der Regenwälder, all das drang immer mehr in ihr Bewusstsein. Isabella empfand es auch als ihre Verantwortung, umzudenken. Es gab keinen zweiten Planeten. Es ging um den Lebensraum ihrer Kinder und Enkelkinder. In diesem Laubwald in Südschweden dachte Isabella darüber nach, was sie in Zukunft konkret tun könnte, und was sofort. Sie beschloss, während ihrer Reise nur noch öffentliche Verkehrsmittel zu benutzen.

Nach 2,5 Kilometern erreichte sie den Supermarkt, der in Wahrheit ein winziges Geschäft war und auch als

Gärtnerei und Postamt fungierte. Sie kaufte *Färsk Mjölk*, *Snabb-Bitsocker* und zwei Croissants und lief über den Mittviksvägen zurück zu ihrem Apartment.

Dort stand der schwarze Koffer noch unausgepackt neben dem Sofa, ein Ärmel ihres gelben Kleides hing heraus, wie immer hatte sie am Ende alles schnell zusammengewürfelt und nur darauf geachtet, dass die wenigen Kleidungsstücke farblich zueinander passen und bequem sein würden. Dazu ihre rosa-gelben *Asics*-Sneakers und ein paar Flip-Flops. Je weniger sie mitschleppte, desto leichter fühlte sie sich auch innerlich. Isabella erinnerte sich an Reisen mit dem Vater ihrer Söhne. Manchmal waren sie mit einem leeren schwarzen Schrankkoffer, den ihr Partner makabrerweise »Sarg« nannte, nach New York geflogen, mit dem Plan, alles unterwegs einzukaufen. Unterwäsche, Kleidung, Zahnputzzeug, Notizblöcke, Bücher, und manchmal auch einen weiteren »Sarg«. Die elf Jahre mit dem elf Jahre älteren Medienmanager waren die anstrengendsten, aber auch aufregendsten ihres Lebens gewesen. Als das erste Kind kam, wurde es kompliziert. Beim zweiten Kind trennte sie sich von ihm. Das war jetzt auch schon 25 Jahre her.

Während das heiße Wasser durch die Kaffeemaschine lief, schlüpfte Isabella aus ihren Jeans und ihrer Bluse und stellte sich nackt vor den Spiegel. Mit kritisch-wohlwollendem Blick betrachtete sie sich. Mein Gott, sie war 58. Ihr Busen sah aus, als würden ihn versteckte Gewichte nach unten ziehen, den linken tiefer als den rechten. Die Oberarme und Schenkel waren wohlgeformt, bildeten aber bei gewissen Bewegungen Dellen. Hinten war auch nicht mehr alles so knackig. Kein Wunder, sie hatte zwölf

Kilo abgenommen im vergangenen Jahr. Insgesamt mochte sie ihre Rundungen und Falten, den kleinen Bauch und das Dekolletee, nur den Truthahnhals empfand sie als störend. So bezeichneten Schönheitsmagazine die Falten des Doppelkinns, wenn man die Zunge herausstreckte, um sie wegzumassieren. Ihre braunen, sanften Augen und der schön geformte Mund lenkten davon ab, fand sie, so wie die dichten, mit goldblonden Strähnen aufgehellten Haare. Im Flugzeug hatte Isabella in einem Magazin geblättert und einen Artikel über »Style-Regeln für Frauen ab 50« gefunden. Frechheit, was da behauptet wurde, noch dazu von einer Frau. Angebliche No-Gos seien: Bikinis, Ripped Jeans, flache Schuhe, nackte Knie, neueste Trends. Für Isabella war das ein Grund, sich demnächst einen neuen trendigen Bikini zu kaufen.

Sie stieg in die Dusche und fühlte den heißen Strahl des Wassers auf ihrer Haut. Nach langer Zeit war sie wieder ganz bei sich, angekommen in ihrer inneren Welt. Wie ein unheilvolles Gewitter zogen die letzten Wochen an ihr vor über. Sie hatte viel zu viel gearbeitet. Sie hatte zugelassen, dass äußere Einflüsse ihr Handeln und Denken bestimmten. Sie hatte Menschen Macht über sie eingeräumt. Sie hatte sich dem Alkohol hingegeben. Signale ihres Körpers ignoriert und ihre innere Weisheit nicht mehr befragt. Isabella konnte hören, wie das Rieseln in ihrem Kopf und das Rieseln des Wassers eins wurden. Es war okay, dass ihre Glieder schmerzten, dass sie müde und erschöpft war.

Sie sah ihr Leben jetzt wie ein Maßband vor sich liegen. Siebzig Prozent waren verstrichen. Dem knappen Drittel, das noch blieb, wollte sie alle ihre Energien schenken. Als Isabella sich trocken massierte und in den Bademantel schlüpfte, korrigierte sie das Bild, das sie gerade gezeichnet hatte. Sie stellte sich vor, dass ihr noch unendlich viel Zeit bliebe, und spürte eine unbändige Lust zu leben.

4

Thank you for flying to London-Stansted! Ungern geschehen, dachte Isabella, als sie ihren Rollkoffer unter der wandernden Leuchtschrift Richtung Flughafenhotel zog. Ihre Billig-Airline war wieder einmal an einem der weitesten von der Ankunftshalle entfernten Gates gelandet. 5000 Schritte zeigte ihre Sport-App, das war so viel wie ihr Morgenlauf in Wien. Es war zwanzig Minuten nach Mitternacht und eine gute Entscheidung gewesen, das *Hampton* auf dem Flughafengelände zu buchen. Manche sogenannten Flughafenhotels lagen zig Kilometer weg von der Zivilisation, irgendwo draußen in der Pampa.

Es war schon verrückt, wie erst der Terror und dann die Pandemie das Reisen verändert hatten. Isabella erinnerte sich an Szenen, die sie mit dem Vater ihrer Kinder Anfang der Neunzigerjahre erlebt hatte. Da rief Hans aus dem silberfarbenen Golf von seinem kiloschweren Autotelefon die Stations-Managerin der AUA an. Isabella erinnerte sich bis heute an ihren Namen. Sissy Weiss. »Können S' a paar Minuten woarten?«, fragte er, und Sissy Weiss rief den Piloten an, es komme gleich noch ein verspäteter Passagier. VIP. Damals durfte man noch, ohne Security-Checks zu absolvieren, über das Flugfeld zur Maschine laufen und später, beim Kaffee aus der Porzellantasse, an Bord auch eine Marlboro rauchen. Das klang heute wie ein Märchen aus längst vergangenen Zeiten, insbesondere nach 9/11. Die Plastikbeutel mit den Flüssigkeiten, das Abtasten des Security-Personals: Isabella hatte sich an all das gewöhnt, sie war ein Mensch, der sich gut auf neue Situationen einstellen konnte.

Das war auch bei dieser Reise so gewesen. Viele ihrer Freunde hatten, entmutigt von den Covid-Bestimmungen, in Österreich Urlaub gemacht. Bei Isabella verhielt es sich genau andersherum. Wenn alle die Nerven wegschmissen, wurde es für sie erst richtig interessant.

Die Einreise ins Vereinigte Königreich hätte sie sich allerdings nicht so mühsam vorgestellt. Die riesige Ankunftshalle war unterteilt in 25 Bahnen, zwischen denen Seile gespannt waren. Dort kroch die genervte Menschenschlange vor bis zu den Sicherheitsschranken, wo Roboter erst den Pass und den Impf-QR-Code jedes Passagiers scannten, danach den Gesichtsabgleich durchführten und dann grünes Licht gaben. Das Prozedere hatte 75 Minuten gedauert, länger als bei der Einreise in die USA.

Isabella hatte inzwischen im nur vier Gehminuten vom Terminal entfernten *Hampton* eingecheckt und fuhr mit dem Lift in den achten Stock. Das Zimmer war so, wie sie es mochte. Kingsize Bed mit vielen Kissen, ein großer Flatscreen-Fernseher, Minibar und im Bad mit Wanne ein flauschiger Frottee-Bademantel. Sie stellte ihren Koffer ab und legte sich aufs Bett.

Erst jetzt wählte sie sich ins WLAN des Hotels ein, die Roaming-Gebühren kosteten ein Vermögen, seit die Briten aus der EU ausgetreten waren.

Sie fand vier Nachrichten.

»Hi Mum«, schrieb ihr älterer Sohn, »hab dir Trainline nach Bournemouth rausgesucht!«

Sie wollte am nächsten Morgen den Zug an die Südküste nehmen. Dort hatte sie mit 13 Jahren einen Englisch-Intensivkurs in einer Sommerschule gemacht. Isabella hatte immer den Drang verspürt, eines Tages nach Bournemouth zurückzukehren, sie wusste nicht genau, warum.

»Wie lange bist du eigentlich noch weg?«, wollte der Chef vom Dienst wissen. Sehr lustig, denn das war erst der vierte Tag ihrer Reise. Und sie hatte sich insgesamt 17 Tage freigenommen.

Sohn Nummer zwei hatte offenbar ein Problem mit seiner Kreditkarte. »Kannst du mir vielleicht vorübergehend was überweisen? Danke, Mum!«

Dann klickte Isabella die WhatsApp-Nachricht von Prinz an.

»Dearest«, stand da, »Eliot Mason freut sich sehr, dich kommenden Samstag zu empfangen: 3 p. m. London West End Flat, 34 Montagu Square, London W1H2LJ.« Dazu ein Smiley. Von dem Maßschneider hatte ihr Prinz oft erzählt, er hatte auch die Sakkos für die James-Bond-Darsteller hergestellt. An Sean Connerys Todestag hatte Prinz sie in die *Bristol Bar* auf einen Whisky eingeladen, und er trug, dem Verstorbenen zu Ehren, einen grauen Anzug von Eliot Mason.

Wow, dachte Isabella, dieser Mann versteht es wirklich, mich zu beeindrucken.

»Thank you so much!«, tippte sie in ihr iPhone, dazu drei Herz-Smileys. Und: »Bin grade in Stansted angekommen.«

Sich ein Jacket beim Schneider der Londoner High Society anfertigen zu lassen, passte eigentlich nicht zu Isabella. Ihr waren bei der Kleidung die Farben und die Stoffe am wichtigsten, auf Exklusivität konnte sie gerne verzichten. Sie fand es aber rührend, dass Prinz sie offenbar auf ein 3000-Pfund-Sakko einladen wollte. Den Preis hatte sie in einem *Vogue*-Interview gelesen und damals den Kopf geschüttelt. Niemals würde sie so viel Geld für eine einzige Jacke ausgeben. Prinz schon. Solche Stücke sind fürs Leben, sagte er oft. Er besaß einige davon, trug sie aber nur in seiner Freizeit. »Im Job will ich damit nicht auffallen«, erklärte er, »weil das eine Schwäche offenbaren würde.« Die Eitelkeit.

Isabella klickte noch schnell die Homepage von *Mason & Sons* an und erfuhr, dass Eliot Mason auch die Hosenanzüge für Madonna geschneidert hatte. Dann schrieb sie ihren Söhnen und informierte den Chef vom Dienst ihrer Tageszeitung über ihre Abwesenheit. In der Nacht träumte sie von der klaren Luft auf Vrångö und von den Seehunden, die sich vor ihr versteckt hielten. In Schweden hatte nichts daran erinnert, dass sich die Welt gerade in einer Pandemie befand. Keine Masken, keine Kontrollen, keine Hinweise.

Auf ihrer Zugfahrt von London-Stansted nach Südengland am nächsten Morgen musste Isabella in London-Waterloo umsteigen. Sie liebte Bahnhöfe. Die Geschäftigkeit, die Menschenmassen, die Abschiedsszenen, das Pfeifen der Züge, die Anzeigetafeln mit den Orten, zu denen sie jetzt fahren könnte, wenn sie nur einen anderen Zug besteigen würde. Sie wollte das Gefühl, sich zu jeder Zeit in ihrem Leben neu entscheiden zu können, nie verlieren. In einem kleinen Lokal neben dem *Waitrose*-Supermarkt bestellte sie Baked Beans mit zwei Sausages und Scrambled Eggs. Sie freute sich auf die Reise in den Süden, die Fahrt dauerte knappe drei Stunden. Vielleicht fand sie ja dieses Reihenhaus, in dem sie vor 45 Jahren drei Wochen lang als Gastschülerin gewohnt hatte. Jedenfalls würde sie am Abend Fish & Chips am Strand essen.

Ihr Zug ging in 15 Minuten, genug Zeit, um noch *The Daily Telegraph, Times, Mirror, The Sun, The Guardian* und den *Economist* zu kaufen. Wo immer sie sich auf der Welt aufhielt, Isabella las stets die Printausgaben der lokalen Zeitungen. Auch wenn sie – wie beispielsweise in China oder Afrika – kein Wort verstand. Allein das Layout, die Schriftarten, die Bilder, die Ressorts, die Kolumnenköpfe faszinierten sie. In den Online-Ausgaben blieb einem so vieles verborgen.

Immer wenn sie ausländische Magazine kaufte, tauchte ein Bild vor ihrem inneren Auge auf. Der verstorbene Herausgeber ihrer Tageszeitung, wie er an seinem Tisch im 16. Stock des *Media Quarters* saß, ganz vertieft in sein Tun, neben sich einen meterhohen Stoß von Zeitungen. In der Hand hielt er eine Schere, die Isabella überdimensional groß in Erinnerung hatte. Interessante Artikel schnitt er aus und versandte sie per Hauspost an seine Redakteurinnen und Redakteure. »Könnte spannend sein«, merkte er handschriftlich an, oder: »Vielleicht wollen Sie darüber schreiben?« Seine Anordnungen klangen stets wie beiläufige Vorschläge. Aber wehe, man kam ihnen nicht nach! Isabella hatte es immer als Adelsprädikat empfunden, zu den Adressaten seiner Zeitungsausschnitte zu zählen.

Im Zugabteil las sie Artikel unter dem Aspekt, ob sie ihrem Herausgeber wohl ins Auge gestochen wären. Diesen Blick hatte sich Isabella mit den Jahren angeeignet. »Für dich ist alles eine Geschichte«, seufzte Prinz manchmal, wenn er ihr etwas erzählt hatte und sie den Inhalt in einer Schlagzeile zusammenfasste.

Nach Bournemouth zu kommen war für Isabella wie eine Zeitreise in ihre Jugend. Damals war sie mit dem Schiff von Calais in Frankreich nach Southampton gekommen. 13 Jahre alt, seit kurzem trug sie einen BH aus weichem weißem Stoff, die langen dunkelblonden Haare hatte sie zu zwei Zöpfen geflochten. Ihr Taschengeld reichte gerade für einmal Fish & Chips pro Woche. Wie vieles hatte sie sich auch diesen Sprachaufenthalt erkämpft. Ein Bekannter der Familie unterstützte ihr Vorhaben und setzte sich schließlich bei Bellas Eltern dafür ein. Eines Nachmittags wollte er ihr die Broschüren der Sommerschule bei sich zu Hause auf dem runden Holztisch in der Stube zeigen. Isabella fühlte keinerlei Argwohn, sie war sogar ein bisschen geschmeichelt. Es gab Limonade und Wurstbrote.

»Setz dich zu mir«, sagte er und zog Bella auf seinen Schoß. Als sie etwas Hartes gespürt hatte, war sie aufgesprungen und nach Hause gelaufen. Sie hatte sich nie jemandem anvertraut, sie wollte selbst damit klarkommen. Warum habe ich dieses Arschloch nicht zu Lebzeiten damit konfrontiert, fragte sich Isabella, als sie im Rosengarten ihres Hotels am East Overcliff Drive den Jazzklängen der Live-Band lauschte. Und ob der Preis für den Sommer in Bournemouth nicht viel zu hoch gewesen sei. Sie bestellte einen Campari Orange und fühlte sich unendlich feige.

Von jenem Bournemouth, welches sie kennengelernt hatte, war nichts mehr da. Der Badeort war dermaßen überlaufen, dass man vor lauter Menschen kaum noch den Strand erkennen konnte. Die Sommerschule von damals gab es auch nicht mehr, und an der Stelle des Reihenhauses, in dem sie gewohnt hatte, standen jetzt Hotelklötze. Die Fish & Chips, auf die sie sich so gefreut hatte, schmeckten fettig und fahl. Das Hotelzimmer war stickig heiß. Gut, dass sie nur einen Tag dafür eingeplant hatte.

Im Bus zurück zum Bahnhof saß sie am nächsten Vormittag neben einem Einheimischen. Er hatte seine weißen Haare im Nacken zu einem Zopf gebunden und trug eine Lederjacke zu schwarzen Jeans. »What the hell did you do here?«, wollte er wissen, nachdem sie ein bisschen Smalltalk geführt hatten.

Isabella erzählte ihm von ihren Sprachferien Anfang der Siebzigerjahre, der Ankunft ihrer Fähre aus Frankreich in Southampton, von ihrem Englischkurs, vom kleinen Buben der Gastfamilie, auf den sie aufgepasst hatte, wenn die Eltern ausgegangen waren. »Er hieß David und war vier Jahre alt. David Payne. Ich habe viele Jahre versucht, ihn zu finden. Telefonbuch, Stadtverwaltung, Facebook, Instagram. Leider ohne Erfolg.« Isabella reichte dem Fremden eine Visitenkarte.

»Wien«, seufzte der Engländer. »Da wollte ich immer mal hin.« Paynes kenne er viele, fuhr er fort, das sei ein geläufiger Name hier an der Südküste. »Dann ist David heute so alt wie ich«, überlegte er und drehte Isabellas Visitenkarte noch immer hin und her. »Ich werde mich morgen umhören und mich gegebenenfalls melden«, versprach er, »vielleicht findet ihr euch tatsächlich wieder.«

Solche Begegnungen hast du nur, wenn du Bus fährst, dachte Isabella, als sie in den Zug zurück nach London-Waterloo stieg. Und dass es sie vielleicht deshalb nach Bournemouth gezogen hatte, weil der Missbrauch, der seit ihrer Jugend wie ein schwelendes Feuer in ihr gebrannt hatte, sich endlich seinen Weg an die Oberfläche bahnen musste.

5

Als der Doppeldecker-Bus die Brücke über die Themse anfuhr, kamen die Erinnerungen zurück. Isabella saß oben, ganz vorne am Fenster. Es war ein Gefühl wie Fliegen, der beste Platz, den sie sich vorstellen konnte, wie in der Wiener Straßenbahn der Stehplatz im hintersten Waggon, mit dem Rücken zur Kabine. Nun sah sie den Fluss und die Schiffe unter sich, das London Eye im Osten, die Stadtteile Pimlico und Belgravia bewegten sich langsam auf sie zu, es war 14.04 Uhr. In einer Stunde erwartete sie der Schneider von James Bond am Montagu Square. Das letzte Stück von Marble Arch ging Isabella zu Fuß, an viktorianischen Häusern und verträumten Parks vorbei, mit einem Kribbeln im Bauch. Eliot Mason, der Nachkomme des Traditionshauses *Mason & Sons*, residierte im Haus, das einst John Lennon und Yoko Ono bewohnt hatten. Hier entstand auch das Nacktfoto der beiden, das im prüden Amerika für viel Furore gesorgt hatte. In denselben Räumlichkeiten würde ihr, Isabella Mahler, an diesem Tag ein Sakko angemessen werden. Letztlich, da hatte Thomas Prinz schon recht, war alles immer eine Geschichte.

Auch dass vor zehn Jahren in dieser Stadt einmal für kurze Zeit der Kontakt zu ihrem älteren Sohn abgerissen war. Er studierte damals mit mehr oder weniger Motivation Film in Kingston upon Thames. Genauer gesagt, er versuchte damals herauszufinden, ob er Film, diese alles andere als einfache Spezialdisziplin der Kommunikation, wirklich studieren wollte. Ob sein Interesse für ein Studium ausreichte. Oder ob er nicht etwas völlig anderes machen sollte. Isabella hatte eine kleine Wohnung vis-a-vis der Universität für ihn gefunden, die Nähe zur Uni sollte ihm das Leben leichter machen. Eines Tages verschwand er in London. Einer seiner Lehrer, der rothaarige Ian, wie er Isabella in Erinnerung geblieben war, hatte sie darüber informiert, dass ihr Sohn nicht mehr beim Unterricht gesehen wurde. Sie verließ Wien fluchtartig und nahm den nächsten Flug nach London. Das Apartment sah aus, als hätte es schon viele Wochen lang niemand mehr betreten. Durch ein paar Telefonate erfuhr Isabella, dass ihr Sohn bei einem Freund wohnte, der seine Arbeit verloren hatte. Sie fand ihn im Künstlerviertel London-Hackney, und nach einem Tag fuhren sie gemeinsam nach Kingston zurück. Am selben Fluss, über den sie an diesem Mittag mit dem Doppeldecker-Bus gefahren war, führten sie lange Gespräche über den Sinn eines Studiums, den Sinn von Krisen, den Sinn des Lebens. Nie war sie ihrem Großen näher gewesen als auf der Mauer vor dem Fluss, einen Plastikbecher mit einem Pint Bier in der Hand. Sie hatte damals wieder einmal gelernt, dass Zuhören das Wichtigste war. Nur wenn sich ein Mensch respektiert und zumindest in Ansätzen verstanden fühlte, war er später Argumenten zugänglich. Und so hörte Isabella ihrem Sohn zu. Wenn sie etwas nicht nachvollziehen konnte, stellte sie eine Frage. Wie in ihren Interviews, und doch war es nicht zu vergleichen, weil es hier um die Zukunft ihres Sohnes ging. Ganz bewusst vermied sie das Wort »muss« und gute Ratschläge. Dass die Geschichte gut ausging, führte Isabella auch darauf zurück.

»Bin schon fast bei Eliot«, schrieb sie Prinz auf WhatsApp, als sie zum Montagu Square einbog und schickte ein Foto des Hauses Nummer 34 nach. Der Eingang war mit orangen und pinken Blumen geschmückt, eine *Blue Plaque* an der Hauswand wies auf die einstigen prominenten Bewohner hin. »You will love it«, antwortete Prinz. Dazu die Krone, was Isabella wohl vermitteln sollte, dass sie sich gleich wie eine Königin fühlen würde.

Als sich die schwarze Tür öffnete, kam sie sich *underdressed* vor in ihren weißen Jeans, der Seidenbluse und dem Leinenmantel, aber sie war schließlich auf Reisen. Eliot Mason trug den perfektesten und elegantesten Anzug, den Isabella je gesehen hatte. Feiner beiger Tweed und Perlmuttknöpfe, Einreiher, zwei Knöpfe. Dazu ein cremefarbenes Hemd.

»So nice to meet you«, begrüßte er die von Prinz avisierte Klientin aus Österreich und strich sich die langen brünetten Haare aus dem Gesicht. Er führte sie in den Salon. »Please, take a seat.« Isabella nahm auf der Ledercouch Platz und sah sich um. Art déco, ein Kamin, knallroter Lehnstuhl, ovaler Spiegel, viele Buchbände.

Dann führten sie ein wenig Smalltalk über Wien und London, über Herren- und Damenmode und den Unterschied zwischen echter Handwerksarbeit und Maßkonfektionen. Die Franzosen nennen das eine »le grand sur-mesure«, das andere »le sur-mesure industriel«, was den Unterschied, so fand Eliot, gut beschreibe. »Steht die Farbe schon fest?«, fragte er. »Prinz schrieb, es solle ein Sakko werden.« Er fischte dicke kleine Mappen mit Stoffmustern aus den Regalen und erklärte die Materialien. Stilsicher wählte Isabella ein dunkles Blau aus, das je nach Lichteinfall die Farbe änderte. Als Futter hätte ihr gut pink oder gelb gefallen. Dass Eliot darauf nicht gleich reagierte, deutete sie schließlich als diskreten Hinweis und entschied sich für stahlblaues Satin. »Classic is never wrong«, nickte Eliot.

Wenn sie sich dann zum Spiegel stellen könne... Mit sanften Bewegungen rollte Eliot sein Maßband aus, legte es über Schultern und Arme, umkreiste Brust und Hüften und erwähnte, dass bei fast keinem Menschen der rechte und der linke Arm genau gleich lang sei. Er merkte sich immer zwei Längen, dann schritt er zu seinem Notebook und übertrug die Informationen in ein Dokument. Es würden zwei Anproben nötig sein, stellte er fest, ob das für sie möglich wäre?

»Of course«, sagte Isabella und dachte an die Klimaforscherin. Sie kam gerne bald wieder, obwohl es natürlich verrückt war, für ein Sakko über den Ärmelkanal zu jetten. Aber mit Zug und Schiff zu reisen, dafür fehlte ihr wirklich die Zeit. Abgesehen davon, dass es sicher fünfmal so viel kosten würde. Die Rechnung für die Anzahlung werde er Thomas Prinz mailen, lächelte Eliot, als sie sich verabschiedeten. »Good choice!«, ergänzte er und ließ offen, ob er das Sakko oder den Mann meinte.

Im Flugzeug von London-Gatwick nach Bilbao hielt Isabella später ein quadratisches Stückchen Stoff in der Hand, das Eliot ihr mitgegeben hatte. Es fühlte sich so weich und edel an und schimmerte, wenn sie das Blau ins Licht hielt. Sie trug immer kleine Dinge mit sich, die sie an spezielle Momente erinnerten. Das konnte eine Muschel vom letzten Spaziergang am Meer sein, ein Säckchen Zucker aus dem *Café Imperial* oder das rote Blatt, das zuletzt auf ihrer Laufstrecke im Kies gelegen war. Es hatte die Form eines Herzes, und erst rannte Isabella daran vorbei. Dann überkam sie das Gefühl, als sei das ein Zeichen. Sie drehte um, hob das Blatt auf, zu Hause trocknete und presste sie es, und seither wohnte es in ihren Moleskine-Notizbüchern.

Nordspanien hatte Isabella deshalb als Reiseziel gewählt, weil ihr jüngerer Sohn in Barcelona seinen Master in Economics gemacht hatte und sie immer *La Concha* besuchen wollten, die Bucht von San Sebastián, es aber nie geschafft hatten. Bei ihrem Studium von Kochbüchern, die Isabella gerne las, war ihr die Küche des Baskenlandes immer ins Auge gestochen. Die *Pinchos*, kleine Holzspieße, an denen Brötchen mit der pikanten Paprikawurst *Chorizo* und dem *Idiazábal*-Schafskäse hingen. *Gilda* mit Peperoni, Anchovis und Oliven, benannt nach den Kurven einer Tänzerin aus dem gleichnamigen Film mit Rita Hayworth. Blutwurst mit Pistazie oder Ei am Stiel. Und als Einstimmung ein Gläschen *Txakoli*, wie der milde Weißwein dieser Gegend hieß. Darauf freute sie sich schon.

Isabella verband mit jeder Stadt der Welt bestimmte Speisen, sie lernte Orte am eindrücklichsten durch kulinarische Erlebnisse kennen. Die frischgekochte Kuttelsuppe auf dem Fischmarkt von Athen, das beste Ceviche ihres Lebens am Strand von Lima, der unvergleichliche Cheeseburger bei *PJ Clarkes* in New York.

Nach ihrer Ankunft in Bilbao bestieg Isabella den Bus zum Guggenheim-Museum. Dort wollte sie die Bilder von Jean-Michel Basquiat sehen. Der 1988 im Alter von 27 Jahren an einer Überdosis Heroin verstorbene Künstler faszinierte Isabella, nicht nur weil er mit seinen Werken mehr als 300 Millionen Dollar umgesetzt hatte und damit nach Picasso an zweiter Stelle lag. Sie mochte seine schwebenden Köpfe und Totenköpfe und den gekritzelten Text, das Morbide in lebendigen Farben machte ihr Gänsehaut. Auf der vollen Terrasse des Museumscafés bestellte sie nach ihrem Rundgang drei Tapas und ein Glas eiskalten Rosé. Aufmerksam lauschte sie dem Stimmorchester, das zu ihr drang. Jede Sprache hatte ihren eigenen Klang. Schwedisch war irgendwie herzig, so als würden sich Teddybären unterhalten. Spanisch hörte sich wie Schnattern an, schnell und aufgeregt. Wenn Isabella eines vermisste, dann waren es die Stimmen von ihren Freundinnen Kathi und Roxanne, von Marcelo, mit dem sie wohnte, und von Prinz. Sicher, manchmal bekam sie auch Sprachnachrichten, aber das war nicht dasselbe. Diese Stimmen sprachen nicht zu ihr, es fehlten die Lippen, die Augen, das Lächeln. Der Moment, in dem sie antwortete. Ansonsten reiste sie gern ganz allein. Sie genügte sich selbst meist vollkommen.

6

Auf der Plaza Constitution, die früher eine Stierkampfarena war, kehrte Leben ein. Isabella war früh aufgewacht und von ihrem kleinen Hotel auf der Anhöhe zum Berg Monte Igueldo hinunter nach San Sebastián gewandert. Auf Reisen legte sie oft 20000 Schritte pro Tag zurück, sie liebte das Gehen. Der sichelförmige Sandstrand war umsäumt von strahlend weißen Wohnpalästen der Belle Époque, unter den Arkaden auf dem rechteckigen Platz reihte sich ein Café an das nächste. Die Balkone ihrer Häuser hatten die Bewohner an diesem Platz früher an Stierkampf-Zuschauer als Logen vermietet.

Zufrieden rührte Isabella Zucker in ihren *Cafecito* und überlegte, wie sie diesen Tag verbringen wollte. Das erachtete sie als größtes Privileg. Herrin über ihre Zeit zu sein. Jeder Mensch hat 24 Stunden pro Tag zur Verfügung, dachte sie oft, wenn jemand klagte, er habe keine Zeit. Die Frage war nur, wie diese 24 Stunden eingeteilt, genutzt und gelebt wurden. Was die Prioritäten waren. Wofür unter allen Umständen Zeit bleiben musste. Isabella empfand dies als ultimative Gerechtigkeit, so wie das Sterben. Auf Reisen konnte sie ihre 24 Stunden allein nach ihrem Gutdünken nutzen.

Donostia-San Sebastián war nur knapp fünfzig Kilometer oder eine knappe Busstunde von Biarritz entfernt. Das war mit ein Grund gewesen, warum sie die nordspanische Stadt als Station ihrer zwölftägigen Reise gewählt hatte. In dem mondänen französischen Küstenort hatte sie als 26-Jährige einmal den amerikanischen Schauspieler Robert Mitchum interviewt. »Du bist so romantisch«, hatte Kathi am Vorabend geschrieben, als sie ihr von der Idee berichtet hatte, vielleicht nach Biarritz zu fahren, »du zelebrierst Erinnerungen wie keine Zweite«.

Das Interview mit dem populärsten männlichen Darsteller Hollywoods der Nachkriegszeit war in den späten Achtzigerjahren ein Coup gewesen. »Mitchum soll bei den Filmfestspielen sein, fahren Sie doch hin und machen Sie ein Interview!« So dachte ihr verstorbener Herausgeber, für ihn gab es keine Hürden oder Zweifel. Einfach versuchen, lautete seine Devise. Und dass den Tüchtigen das Glück hilft.

Isabella buchte einen Flug nach Paris und von der französischen Hauptstadt den Hochgeschwindigkeitszug TGV an die französische Südwestküste. Ohne Termin und ohne Aussicht auf Erfolg. Sie hatte nur herausgefunden, dass Mitchum angeblich im *Hôtel Du Palais Biarritz* wohnte, einem prunkvollen Palast am Atlantik, ehemaliger Sommersitz von Napoleon III.

So arbeiteten Journalisten damals. Die Manager und Pressebüros, die heute Interviews eher verhindern statt ermöglichen, spielten noch keine so große Rolle. Interviews waren eine Sache des Vertrauens, nicht der Kontrolle.

Als Isabella am Casino vorbei in die Avenue de l'Impératrice einbog, mit nichts als einem Schreibblock in der Tasche, wurde ihr die Aussichtslosigkeit ihres Tuns so richtig bewusst. Sie konnte ja nicht einfach auf Mitchums Zimmer marschieren, und selbst wenn ihr dieses Kunststück gelänge, würde er entweder die Tür nicht öffnen oder sie hochkantig rausschmeißen.

Das Hôtel Du Palais Biarritz tauchte wie eine uneinnehmbare Burg vor ihren Augen auf. Isabella nahm ihren gesamten Mut zusammen, als sie aufrechten Ganges zum Empfang des Luxushotels schritt und in kläglichem Französisch behauptete, Monsieur Mitchum erwarte sie. »Notre invité ne veut pas être dérangé«, entgegnete der Rezeptionist mit einem mitleidigen Lächeln, »unser Gast will nicht gestört werden«.

Sie fühlte sich wie eine Versagerin. Auf einer Bank im Park malte sie sich aus, was ihr Herausgeber wohl sagen würde, wenn sie ohne Interview nach Wien zurückkäme. Sie fühlte fast eine Spur von Verständnis für Kollegen, die Interviews erfunden oder zumindest aufgepeppt hatten. So etwas kam für sie aber nicht infrage. Isabella überlegte, ob sie eine Story über die Suche nach Robert Mitchum in Biarritz schreiben sollte, vielleicht wäre das sogar interessanter als ein langweiliges Interview.

Sie ließ ihren Blick über den prachtvollen Garten und die altrosafarbene Fassade des Palais schweifen und blieb an einem Balkon hängen. Dort stand ein Riese von 1,90 Metern mit einer Zigarette im Mundwinkel und hielt sein Gesicht in die Sonne. Es war Robert Mitchum.

Isabella sprang auf, begann wie wild zu winken und schrie: »Mister Mitchum!« Gott sei Dank war der Mann kein Franzose. »Mister Mitchum, I am a journalist from Vienna, Austria. May I come up?« Der Mann, der wie kein Zweiter den unerschütterlichen Westernhelden in der goldenen Ära Hollywoods verkörperte, fand ihre Darbietung offenbar komisch. Lachend rief er: »Why not?«

Sie hatte das Interview bekommen. Den konsternierten Blick des Rezeptionisten hatte sie nie vergessen. Es war einer jener Momente, in denen Furchtlosigkeit gegen Arroganz gesiegt hatte.

In Zeiten der *#MeToo*-Bewegung, überlegte Isabella, als sie später durch die schachbrettartigen Gassen der Altstadt von San Sebastián schlenderte, wäre so etwas undenkbar. Die neue Angst der Männer, der sexuellen Belästigung bezichtigt zu werden, hatte sich mittlerweile in allen Verzweigungen der Geschäftswelt verfestigt. Isabella kannte einen Unternehmer, der bei Besprechungen mit einer Frau stets die Tür offenhielt und schon mit dem Gedanken gespielt hatte, eine Überwachungskamera zu installieren. Dabei war er schwul. Die Zeiten hatten sich geändert, und das war gut so.

Als sie später auf der Mauer vor *La Concha*, dem berühmten Muschelstrand saß und ein Eis *de chocolate amargo* schleckte, war es wieder da, das Rieseln in ihrem Kopf. Dieses Gefühl, dass etwas Fremdes in sie eingedrungen war wie ein aggressives Virus. Dass da etwas in ihr wütete, gegen das sie machtlos war. Vielleicht hatte ihr Coach recht gehabt, als er meinte, dass sich das ein Psychiater anschauen sollte. Obwohl es erst Mittag war, ging Isabella ins Hotel zurück und verbrachte den Rest des Tages mit zwei Büchern im Bett. *Rose Royal* von Nicolas Mathieu, ein *Spiegel*-Bestseller. Und *Irgendwann werden wir uns alles erzählen* von Daniela Krien.

Das hatte sie an den Nacktfotos von John Lennon und Yoko Ono, aufgenommen im späteren Atelier ihres Londoner Schneiders, am meisten fasziniert. Dass dieses Paar seine Körperlichkeit öffentlich inszenierte, ganze Tage in Hotelbetten verbrachte, frei über Liebe und Sexualität sprach, dass John und Yoko nicht müde wurden, Mann und Frau zu sein.

Eine so intensive Nähe mit einem Menschen konnte sich Isabella längst nicht mehr vorstellen, und doch nahm jetzt eine Sehnsucht danach von ihr Besitz. Ihre Hände wanderten unter die Bettdecke, strichen über Haut und Haar, Finger bahnten sich Wege ins Innere, das Rieseln wurde stärker, ein Wasserfall überschwemmte ihren Körper, löschte alle Gedanken aus, sie fühlte nur noch, wollte sterben vor Lust, ohnmächtig, erlöst. Als Isabella am späten Nachmittag aufwachte, war es vollkommen still geworden in ihr.

7

Erster September. Das Kreischen der Möwen und ein nuschelnder Singsang aus dem Garten der Tapas-Bar unter ihr weckten Isabella auf. So klang Porto. Sie trat auf den kleinen Balkon ihres Hotels und sah die Kutter auf dem Fluss, Jongleure und Musikanten am Ufer, die São-Francisco-Kirche im Westen, die bunten, schmalen Häuser mit ihren verspielten Balkonen und Fliesen, eine weiße Katze, die zusammengerollt auf einer Bank in der Sonne döste. Isabella fühlte sich noch nicht bereit für den Herbst.

Sie war schon einen Tag früher als geplant aus San Sebastián abgereist, nach dem Nachmittag im Hotel hatte sie keine Lust mehr auf Abenteuer gehabt. Portugal war die letzte Station ihrer Reise. Zwei Stunden fuhr der Bus an der Küste entlang zurück zum Flughafen von Bilbao. Unterwegs checkte sie einen Flug nach Porto auf ihrem Smartphone. Von dem Mann im Bus in Bournemouth und David hatte sie nichts mehr gehört.

Lissabon kannte sie, konnte es förmlich riechen. Die Meeresluft des Atlantiks, den süßen Duft der *Pastéis de Nata*. Aber sie war nie in Porto gewesen.

In einer Doku des Senders *ARTE*, die ihr in Erinnerung geblieben war, schlenderte Gérard Depardieu in Shorts und einem verschwitzten T-Shirt den Strand entlang, erzählte vom Kochen und Essen, rümpfte seine Knollennase über so manche Speisekarte, testete Restaurants, indem er bis in die heiligen Küchen vordrang und dort seine Finger genüsslich in Kochtöpfe steckte. Auf dem Markt von Bolhão, der in Porto seit dem 18. Jahrhundert existiert, traf Depardieu dann seinen Freund, den Pariser Chefkoch Laurent Audiot. Die beiden schnüffelten Trüffel, drückten Avocados, rochen an Zuckermelonen und kosteten Weintrauben. Dann trafen sie den Kuttelhändler Arnaldo Lopes, der die milchweißen Gewebe in die Kamera hielt und erklärte, wie das 600 Jahre alte Gericht, das eng mit der Tradition der Stadt Porto verbunden ist, zubereitet wird. *Dobrada.* Schweinskutteln mit weißen Butterbohnen, Karotten und *Chouriço*, serviert mit weißem Reis.

Auf diese Kutteln, die in Portugal mit Zitronensaft blanchiert wurden, hatte sich Isabella seit langem gefreut. Sie aß sie an ihrem ersten Abend in einem Restaurant, das zwanzig Minuten vom Hotel bergauf im Osten der Stadt lag, versteckt in einer kleinen Seitengasse hinter einem Theater. Der Besitzer des Hotels hatte ihr erzählt, dass das Lokal berühmt sei für das Nationalgericht.

Im Dorf ihrer Kindheit wurden die weißen Kutteln der Kälber stundenlang unter kaltem Wasser gebürstet und, erst wenn sie rochen wie frisch gewaschen, in hauchdünne Streifen geschnitten. Diese rösteten die Frauen in großen Eisenpfannen in viel Butterschmalz, bestreut mit Salz und frisch gemahlenem Pfeffer und ganzem Kümmel, auf mittlerer Flamme, so lange, bis sie goldbraun waren. Dazu gab es Rösti.

Isabella mochte auch den Tessiner Kutteleintopf mit Tomaten und Polenta, *Pacal*, das ungarische Kuttelgulasch mit roten und grünen Paprika, viel Zwiebel und Knoblauch und Chili, das indonesische Kuttelcurry *Gulai babat,* und sie wollte irgendwann auch *Motsu*, die gekochten japanischen Kutteln, probieren. Sie hatte ein Faible für jede Art von Innereien, von Nieren, Leber und Herz über Hirn und Bries bis hin zu Stierhoden.

Dieses Kuttelessen war die Krönung ihres Porto-Aufenthalts. Am letzten Abend machte sie sich dann auf zu einem vier Kilometer langen Fußmarsch am Douro entlang. Der Fluss teilte die Stadt in zwei Hälften und mündete im Westen in den Atlantischen Ozean. Der Himmel war bewölkt, als sie die Küste erreichte, die Luft roch nach Salz, das zischende Meerwasser hatte 15 Grad.

»Kein Badewetter«, schrieb sie Prinz mit einem Augenroll-Emoji und schickte ein Foto vom fast menschenleeren Strand mit. Nur zwei Mutige stürzten sich vor ihr in die Fluten, wahrscheinlich Skandinavier oder Russen.

»Du könntest eisschwimmen«, kam zurück. Dazu drei blaue Kristalle.

Der Gedanke jagte Isabella kalte Schauer über den Rücken.

»Klingt wie eine gefährliche Drohung für mich«, tippte sie ins Handy. Sie konnte nicht einmal lauwarm duschen.

»Ist ein gutes Gefühl. Erklär ich dir, wenn du zurück bist«, schrieb Prinz.

Das war wieder einmal typisch für ihn. Hitze oder Kälte, Prinz war jede Energiequelle recht. Er saugte Energie ab wie ein Vampir. Lotete stets Grenzen aus, was Isabella anziehend fand. Praktizierte Krav Maga, die angeblich effizienteste Art der Selbstverteidigung, entwickelt vom israelischen Geheimdienst, war im offenen Meer mit meterlangen Makohaien getaucht, und träumte von Antarktis-Expeditionen oder Samurai-Kämpfen. Aber wenn er vor einem Teller mit gebackenen Sardinen saß, schaffte er es nicht, den Fischchen den Kopf abzubeißen. Vielleicht würde sie ihn einmal in die Gemütlichkeit ihrer Küche locken und geröstete Kutteln für ihn kochen. Oder ein butterweiches Rahmherz.

8

Für den Rückflug *W62876* mit *Wizz Air* von Porto nach Wien hatte Isabella einen Fensterplatz reserviert. Abflug 17.50 Uhr, da konnte sie den Sonnenuntergang sehen. Es war ein erhebendes Schauspiel, als der tiefrote Feuerball den Himmel über den Wolken minutenlang in ein magisches Licht tauchte, bevor er immer tiefer sank, bis nur noch ein Glühwürmchen am nachtblauen Himmel leuchtete und sich schließlich der Finsternis ergab. Isabella nahm diesen letzten Moment wahr wie jene Sekunden, die beim Yoga zwischen Ein- und Ausatmen lagen. Da stand die äußere und innere Welt für eine kurze Zeit still.

Dankbar ließ sie ihre Reise Revue passieren. Flog in Gedanken noch einmal über Schweden, England, Spanien und Portugal, glaubte unter sich die Menschen zu erkennen, denen sie begegnet war, sah die Zimmer, in denen sie gewohnt hatte, die Gassen und Häuser und Kirchen, die Nordsee und den Atlantik. Über all den Ländern, über jedem noch so entfernten Winkel dieser Erde ging jeden Abend dieselbe Sonne unter.

Heimkommen an den vertrautesten aller Orte war für sie wie Ankommen in einer fremden Stadt. Das Gefühl der Geborgenheit empfand Isabella so tief wie die Sehnsucht, aufzubrechen und in neue Welten einzutauchen.

Noch zehn Minuten bis zur Landung in Wien-Schwechat um 22.05 Uhr. Sie freute sich, ihre Söhne wiederzusehen, ihre zwei Katzen zu streicheln, nach zwölf Tagen erstmals wieder im eigenen Bett zu schlafen. Sie hatte den Kaffee vermisst, ihre dänische Tasse, das Wiener Schwarzbrot, die Sommerbutter. Die Löwengasse, das kleine türkische Café, ihre Freundinnen, die Nachbarn. Komischerweise nicht Prinz, in Gedanken war er irgendwie immer bei ihr.

Es waren die letzten Minuten, in denen das Flugzeug noch über der Wolkendecke segelte. Isabella lehnte sich zurück, genoss noch einmal die Faszination des Fliegens. Dann tauchte unter ihr langsam die silberne Silhouette der Stadt auf. Ein Meer von winzigen Lichtern, manche bewegten sich gleichförmig weiter, andere ruhten in tausend unterschiedlichen Formationen unter dem sternenklaren Himmel. Der weiße Airbus mit den violetten und pinken Streifen sank immer tiefer und fuhr mit einem kurzen Heulen seine Räder aus. Isabella schloss die Augen und erwartete den Moment, in dem die Reifen mit einem kräftigen Ruck auf der Landebahn aufsetzen würden. In diesen Sekunden klopfte immer wieder ihre Flugangst an, die sie jahrelang begleitet hatte. »Stell dir einfach vor, dass ein weißes göttliches Licht dich beschützt«, hatte der Kräuterpfarrer einmal gemeint, der in ihrer Zeitung eine Kolumne schrieb. Seither sah sie ihr Flugzeug und jedes, in dem ihre Kinder saßen, in Gedanken umhüllt von einem geheimnisvollen hellen Licht.

Die Landung fiel sanft, fast unmerklich aus. »Please stay seated until the aircraft has reached its final parking position«, sagte die Stimme aus dem Lautsprecher. Natürlich mussten wieder ein paar Idioten aufstehen und ihr viel zu großes sogenanntes Handgepäck aus den Fächern über den Sitzen fischen.

Isabella beendete den Flugmodus an ihrem iPhone und schrieb ihren Söhnen, dass sie gelandet war.

»Back in town« – diese Message sandte sie an Prinz. Dazu zwei Biergläser. Sie freute sich, mit ihm ein kühles Pils oder ein Glas Champagner zu trinken – je nachdem, wie sie gerade drauf waren. Reisen veränderte Menschen immer, und Isabella fand es spannend zu beobachten, wie sich diese Prozesse auf Beziehungen auswirkten. Wobei das Wort »Beziehung« zu ihrer Verbindung nicht passte. Obwohl letztlich jede Form der Kommunikation eine Beziehung war, verwendeten Prinz und sie für ihre Freundschaft den englischen Ausdruck *relationship*. Das Schiff im Wort war für Isabella der imaginäre Platz, an dem sie oft Zeit verbrachten, bei ruhiger und auch stürmischer See, und mit ihm würde sie jedenfalls nie untergehen, davon war sie überzeugt.

»Welcome CCT« schrieb er zurück. Isabella fand, dass die Abkürzung für *Coolest Cat in Town* perfekt zu CAT – City Airport Train – passte. Bereits in diesem Zug fühlte sie sich sehr willkommen.

Ihr Mitbewohner Marcelo schlief schon, als Isabella kurz nach 23 Uhr in ihrer Altstadtwohnung ankam. Er hatte frische Milch eingekauft, weil er wusste, dass sie ihren Kaffee am Morgen mit kalter Frischmilch trank. Prinzessin strich ihr aufgeregt um die Füße, Mogli schmollte. Der zwanzig Jahre alte schwarze Kater mochte keine Abwechslung mehr. Er nahm es ihr zunehmend übler, wenn sie einfach aus seinem Leben verschwand.

Beim Einschlafen dachte Isabella an die Geschichte, die sie in Bournemouth nach vielen Jahrzehnten eingeholt hatte. Sie wollte das bald mit ihrem Coach besprechen und herausfinden, was der Missbrauch mit ihr gemacht hatte. Vielleicht fehlte ihr aber auch der Mut dazu.

Ansonsten fühlte sie sich stark und geborgen, sie hatte neue Kraft geschöpft während ihrer Reise und nahm sich vor, sorgsam mit dieser Kraft umzugehen. Sie freute sich, wieder in die Redaktion zu gehen, Kolumnen zu schreiben und Interviews zu führen. Montagsjammerer, die es schrecklich fanden, dass sie nach dem Wochenende wieder arbeiten müssen, hatte Isabella nie verstanden. Sie empfand ihre Tätigkeit nicht als Arbeit, sondern als großes Privileg. Und sie »musste« auch nicht arbeiten, dieses Wort hatte sie weitgehend aus ihrem Sprachschatz gestrichen. »Müssen tun wir nur sterben«, hatte ihre Mutter immer gesagt, die auch ein Arbeitstier gewesen war. Gejammert hatte sie nie.

In dieser Nacht träumte Isabella von Seehunden und Turmfalken, von Jongleuren und Eisschwimmern, von Kutteln und Baked Beans. Und sie fror. Am nächsten Morgen zeigte das Handy eine Temperatur von acht Grad. Der Sommer hatte sich unmerklich und leise verabschiedet.

Die Hundertwasserpromenade war übersät mit gelben Blättern, als sie ihren Morgenlauf startete. Unter einem abgebrochenen Ast brüteten Tauben, über der Rotundenbrücke segelte eine AUA-Maschine der Landung in Wien-Schwechat entgegen. Die rosa-gelben Sportschuhe, auf denen Isabella in den vergangenen zwölf Tagen zigtausend Schritte durch Gassen und Straßen und Wälder und Meeresbuchten gegangen war, trugen sie nun wieder den Donaukanal entlang. Sie spürte den Rhythmus ihrer Bewegungen, den atmenden Organismus wie Musik. Ihre Playlist spielte *Where is the love* von den *Black Eyed Peas*. Isabella war heimgekehrt an den Ort, an dem sie immer leben wollte. Wien.

9

In der ersten Redaktionskonferenz nach ihrem Urlaub ging es um 9/11. Zwanzig Jahre war es her, dass islamistische Terroristen mit zwei Passagierflugzeugen in die Zwillingstürme des World Trade Centers am New Yorker Ground Zero gerast waren. Die Bilder brannten sich für immer ins kollektive Gedächtnis ein. Schwarze Rauchwolken über dem Wahrzeichen der westlichen Welt. Menschen, die aus den Hochhäusern in den Tod sprangen. Der Zusammensturz der Türme. Stahltrümmer, die wie das Tor zur Hölle in den Himmel von Manhattan ragten. Tausende Menschen lagen unter dem Berg aus Asche, Staub und Schmutz begraben. Die Aufräumarbeiten dauerten drei Millionen und einhunderttausend Arbeitsstunden. Das letzte Feuer wurde am 19. Dezember 2001 gelöscht. Es war eine Kriegserklärung an die Menschheit, ein Tag, an dem die Erde stillstand. An dem der Glaube der USA an die eigene Unverwundbarkeit schwer erschüttert wurde.

»Du hast doch damals Marcy Borders interviewt«, meinte der Chef vom Dienst. Alle sahen sie plötzlich an. Isabella nickte. »Kannst du diese Story ausgraben und neu erzählen?« Ein Jahr nach 9/11 war sie nach New York geflogen und hatte eine Serie für ihre Tageszeitung produziert. »Schicksalstag 11. September. Erinnerungen an Terror, Leid und Aufbruch«. In zehn Folgen porträtierte Isabella Mahler Helden, Angehörige und Überlebende.

Rachel zum Beispiel, die nach dem Anschlag in allen Krankenhäusern von Manhattan ihren Verlobten suchte und niemals wiederfand. Die Architekten der angeblich sichersten Wolkenkratzer der Welt. Jene Frau, die von einem riesigen Feuerball getroffen wurde, als sie den Nordturm betrat und deren Überlebenskampf eine ganze Nation berührte. Den Executive Chef des Restaurants *Windows on the World*, der nur deshalb noch am Leben war, weil er an jenem Dienstagmorgen noch schnell zum Optiker gefahren war. Einen österreichischen Hotelier, der 800 Gäste evakuierte und auf seiner Flucht mit ansehen musste, wie vor seinen Augen erst Menschen und dann die Zwillingstürme auf sein Hotel stürzten. Den Feuerwehrkommandanten von Ground Zero. Einen Islamexperten, der gefährliche Zeiten auf Amerika und die Welt zukommen sah. Den damaligen UNO-Generalsekretär Kofi Annan. Und Marcy Borders. Ihr Bild war um die Welt gegangen. Eine Frau im Business-Kostüm, eingehüllt vom Staub des Todes. In ihrem Gesicht: Entsetzen und Hoffnung. Sie wurde zum Symbol der Überlebenden des Terroranschlags. Die »Staubfrau«, wie sie weltweit genannt wurde.

Damals, im September 2002, schien es so gut wie aussichtslos, die Staubfrau in New York zu finden. Marcy gehe es gesundheitlich sehr schlecht, hörte Isabella bei ihren Recherchen vor Ort, sie gehe längst nicht mehr unter Menschen, sei schwer traumatisiert und habe zu trinken begonnen. Angeblich wohne sie drüben in New Jersey. Wo genau, das wusste niemand.

Mit dem USA-Korrespondenten ihrer Zeitung, Hans Janitschek, machte sich Isabella also eines Morgens auf nach New Jersey. Hans hatte genau die Charaktereigenschaften, die sie an einem Mann schätzte. Er war smart und witzig, ein Denker und Macher, jeden Tag bereit, sein Leben auf den Kopf zu stellen. Am 11. September 2001 war er, an zahlreichen Polizeikontrollen vorbei, zu Fuß vom Union Square bis zum Sperrgebiet am Ground Zero gelaufen und hatte seinem Verleger aus einer Telefonzelle die dramatische Lage geschildert. Dann ging er, ganz in Staub gehüllt, zu Fuß zurück bis zum Central Park East, wo er wohnte. Das hatte Stunden gedauert. Er hatte auch alle Zeit der Welt, mit ihr gemeinsam Marcy Borders zu finden.

»Where are we going?«, fragte der indische Fahrer, den Hans für 24 Stunden gebucht hatte, mit Option auf Verlängerung. Sie fuhren von Isabellas Hotel, dem *UN Plaza*, los. »Holland Tunnel«, erwiderte Hans, »over to New Jersey!«

Isabella war schleierhaft, wie sie in einem US-Staat mit 8,8 Millionen Einwohnern einen einzelnen Menschen finden sollten, noch dazu einen, der sich versteckte. Als sie den Hudson River unterquert hatten, deutete Hans dem Fahrer, an der nächstbesten Tankstelle zu halten. Dort betrat er die Telefonzelle, warf Cent-Münzen ein und wählte die Nummer einer lokalen Zeitung. Mit der einen Hand hielt er den schwarzen Hörer, mit der anderen gestikulierte er heftig.

»Erledigt«, meinte er lakonisch, als er schließlich mit drei Bechern Kaffee zum Wagen zurückkehrte. »Der Chefredakteur des *Jersey Journals* weiß jetzt, dass wir gerade aus Österreich angekommen sind und gleich bei ihm vorbeischauen werden.« Seine buschigen Augenbrauen bewegten sich auf und ab, während er zufrieden lachte. »Na ja, ich bin schon seit dreißig Jahren da. Aber bei dir ist das nicht ganz falsch.«

Von ihm konnte eine junge Journalistin, wie Isabella es damals war, noch viel lernen. Alle Quellen anzapfen. Jede noch so kleine Chance versuchen zu nutzen. Und nie den Glauben verlieren, dass sich die Mühe lohnen würde.

Beim *Jersey Journal*, das seinen Sitz in einem schlanken Hochhaus hatte, wartete keiner auf das Gespann aus Österreich. Hans fand, man könnte die Wartezeit, bis sich ein Stellvertreter des Chief Editors erbarmte und ihnen vielleicht weiterhelfen würde, für ein Frühstück nutzen und holte zwei Becher Chili con carne aus dem Fast-Food-Restaurant gegenüber. Der Fahrer wartete im Auto mit laufendem Motor. So saßen sie in der Lobby des Zeitungsturms und löffelten schweigend Chili. Dann verwickelte Hans die Rezeptionistin in einen Smalltalk, darin war er ein wahrer Meister. Er vermittelte seinen Gesprächspartnern glaubhaft das Gefühl, als wären sie die interessantesten Wesen des gesamten Kosmos. Brenda, so war ihr Name, griff schließlich zum Telefonhörer – Handys wogen damals noch zwei Kilo – und bat eine Reporterin, zum Empfang zu kommen. Vor ihr stünden zwei Kollegen aus good old Austria, die dringend Hilfe nötig hätten. Von ihr erfuhren Hans und Isabella, dass Marcy Borders unten in einem Suburb von Bayonne wohnte.

Der Vorort lag zwanzig Minuten weiter südlich, und die Fahrt dorthin über den Highway C brachte immer schäbigere Fassaden zum Vorschein. Es war die Kehrseite der von Frank Sinatra besungenen *City that never sleeps*, der Preis, den Millionen für den *American Dream* Einzelner bezahlten. Dennoch fühlte sich Isabella gerade den Einwohnern dieser Stadt ganz besonders verbunden. Dafür, dass sie bedingungslos zu ihrem, dem amerikanischen *Way of Life* standen, wie schwierig der auch für sie persönlich gerade war, dafür, dass sie anderen generell offen und positiv gegenüberstanden, oberflächlich zwar vielleicht, aber mit einem Lächeln im Gesicht, eine Eigenschaft, die jenseits des großen Teiches eher unbekannt und in Wien im Speziellen geradezu verdächtig war. Dafür, dass hier alle etwas härter am Wind segelten und sich nicht beklagten, wenn sie einmal kenterten. Dafür, dass New York immer ein Schmelztiegel bleiben würde, und dafür, dass es hier Hot Dogs und Burger gab, wie nirgendwo anders auf der Welt, dafür liebte sie diese Stadt.

»Wir haben Marcy seit Tagen nicht mehr gesehen«, erzählten ihnen die Nachbarn, sie sperre sich ein, sie esse nicht mehr, sie lache nur noch, wenn sie hysterisch sei.

Isabella und Hans nahmen schließlich auf den Stiegen des finsteren Apartmenthauses mit Türen ohne Namensschildern und Glocken Platz, in dem Marcy Borders angeblich wohnte. Sie hörten Hip-Hop-Musik, irgendwo weinten kleine Kinder. »Sobald einer rauskommt, gehen wir rein«, stellte Hans klar. Es dauerte Stunden, bis es so weit war.

Marcys Wohnung lag im dritten Stock, über dem Eingang hing die amerikanische Flagge. *God Bless America.* Erst reagierte sie nicht auf das Klopfen und die Rufe, aber nach drei Anläufen öffnete die Staubfrau. Hans, alte Schule, stand sofort in der Tür, sie hatten es geschafft.

Marcy Borders erzählte Isabella und Hans ihre Geschichte. Es war weltweit das erste Interview, das sie gab. Sie berichtete, dass sie am 11. September um acht Uhr morgens am Kopierer im 81. Stock des World Trade Centers stand, als sich über ihr, zwölf Etagen höher, das erste Flugzeug in den Nordturm bohrte. Der Tower begann zu schwanken. Die Büroassistentin bei der Bank of America dachte sofort an eine Rakete, an Krieg, und rannte nach unten. Im 44.

Stock wollte sie ein Ordnungshüter aufhalten. Sie schlug wild um sich, schrie, stürzte weiter die Treppen hinunter bis zum Ausgang, eine Stunde und zwanzig Minuten lang. Der Rest ging in die Geschichte ein.

Im kleinen Wohnzimmer herrschte Totenstille, nur das Brummen der Klimaanlage war zu hören. »Schaut mal«, sagte Marcy leise und holte ein Paket aus ihrem Kleiderschrank. Es enthielt jenes zerknitterte, schmutzige Kostüm, das sie am 11. September getragen hatte. Wildlederstiefel, die einmal schwarz gewesen waren, ein beigefarbener Mini, dunkles Top, ein Tuch. Über allem lag eine dicke, matte Staubschicht. Marcy küsste die Kette, die sie an jenem Morgen umgelegt hatte. »Oh Gott! Riechen Sie das?«, fragte sie. »So hat es am 11. September gerochen.« Nach Feuer, nach Staub, nach Tod.

Marcy erzählte von Panikattacken, von ihrer Angst vor Hochhäusern, der Arbeitsunfähigkeit, vom Fehlen jeglicher finanzieller oder psychologischer Unterstützung. »Ich bin ein Niemand«, schluchzte sie, »ich habe aufgehört, an dieses Land zu glauben. Ich bin nicht mehr stolz, Amerikanerin zu sein.« Dass sie überlebt habe, hielt sie mittlerweile für einen grausamen Zufall. »Manchmal denke ich mir, ich wäre lieber dort unter den Trümmern begraben worden.« Marcy Borders starb 2015 im Alter von nur 42 Jahren an Krebs.

Isabella schrieb ihre Erinnerungen an dieses denkwürdige Interview für die 9/11-Strecke nieder, organisierte die Fotos von damals, die Hans mit seiner kleinen Schnellbildkamera geschossen hatte, besprach das Layout und nahm sich vor, die Story gleich am nächsten Morgen zu finalisieren.

Das alles fühlte sich plötzlich so schwer an. Isabella zog ein Bild aus der Fotomappe, auf dem Marcy und sie wie zwei Freundinnen auf der Stiege zum stickigen, finsteren Wohnblock in Bayonne saßen. Doch dieser Schein trog. Sie bedauerte, dass sie keine Freundin gewesen war, dass sie Marcy nicht helfen konnte. Sie fragte sich, ob sie das Vertrauen dieser Frau missbraucht hatte. Ob sie damals für ein paar Exklusivstorys im wahrsten Sinne des Wortes über Leichen gegangen war.

10

»How is life?«

Das war eine Nachricht von Prinz. Und sie war typisch für ihn. In dieser Frage schwang mit, dass sie sich länger nicht mehr über Essentielles ausgetauscht hatten. Die drei Worte waren fast immer der Auftakt zu einem Wiedersehen.

»Erster Tag im Büro war easy«, schrieb Isabella und freute sich, dass sie denselben Gedanken gehegt hatten. »9/11-Special. Mein Part ist die Staubfrau.«

»Interesting!« In der nächsten Nachricht switchte Prinz von Englisch ins Wienerische. »Magst no a schnelles Bier zischn?«

»Bei Heuer am Karlsplatz in zwanzig Minuten?«, antwortete Isabella.

Sie wartete gar nicht auf sein Daumen-hoch-Emoji, sondern stellte sich darauf ein, nicht in Wien-Mitte, sondern erst zwei Stationen später aus der U4 auszusteigen.

Prinz saß schon an der Bar, als Isabella eintraf, er wohnte gleich um die Ecke, in einem Gründerzeithaus zwischen Secession und Staatsoper. Sie war noch nie in seiner Wohnung gewesen, mutmaßte aber, dass sie wohl wie die Suite eines Luxushotels eingerichtet sein musste. Vor ihm standen zwei Gläser *Weitra*. Prinz liebte das malzige Bier aus dem Waldviertel nördlich von Wien.

»Hey.« Er begrüßte Isabella mit betont modellierter Stimme.

Isabella umarmte ihn kurz und hauchte einen Kuss auf seine Wange. »Hey! So nice to see you!«, strahlte sie ihn an.

Dann nahmen sie einen ersten, großen Schluck Bier und seufzten schwer, wie zwei Verdurstende, denen man gerade Wasser gereicht hatte. »Ihr kommt mir immer vor wie Partners in Crime«, hatte Kathi einmal über sie und Prinz gesagt. »Jeder von euch findet die Linse, durch die der andere seine Welt sieht, extrem spannend. Dadurch gibt es ein tiefes gegenseitiges Verständnis. An dieser Welt kann niemand außer euch teilhaben.«

Obwohl sie einander zwei Wochen nicht gesehen hatten, klang alles, was sie erzählten, als sei es erst gestern gewesen. Prinz hatte ein Cryptocurrency-Programm in Harvard absolviert und, ausgestattet mit diesem Wissen, höhere Summen in Kryptowährungen investiert. Das war eine Welt, die für Isabella fremd und faszinierend zugleich war.

Sie berichtete ihm vom Interview, das sie ein Jahr nach dem Terroranschlag mit Marcy Borders in New York geführt hatte. Und über die Schwierigkeit, sich nach ihrer Reise wieder im Hochdruck des journalistischen Alltags zurechtzufinden.

»Du siehst gut aus«, erklärte Prinz. »Nicht mehr so müde.«

Isabella nickte. »Ich wusste, dass mir eine Ortsveränderung guttun würde. Ich war wirklich sehr erschöpft. Mittlerweile denke ich aber, dass diese Erschöpfung ein Phänomen der Pandemie ist.«

»Wie meinst du das?«, fragte Prinz.

»Schau dich doch um. Die vielen besorgten und ernsten Augen. Du kannst die Gesichter nicht mehr lesen, weil alle Masken tragen. Jeder weicht zurück, weil Menschen durch das Virus zu einer Gefahr füreinander geworden sind, keiner gibt dem anderen mehr Halt oder die Hand, von Umarmungen ganz zu schweigen. Es herrscht eine allgemeine Erschöpfung. Auch der Staat ist erschöpft. Die Politik. Die Medien tragen das Ihre dazu bei mit der Berichterstattung. Du liest täglich von Clustern und Quarantäne, von Infizierten und Toten. Fast wie im Krieg. Die Leute können es nicht mehr ertragen, wenden sich ab, igeln sich ein, werden seltsam. Selbst stabile, frohe Gemüter kippen. Das ist, als ob du ein paar Fröhliche und ein paar Depressive in einen Raum sperrst. Das Depressive wird sich letztendlich durchsetzen und die Fröhlichkeit und Lebensfreude ersticken. Am Ende sind alle depressiv.«

Prinz lachte, dann wurde sein Blick ernst. »Ja, da ist etwas dran.«

»Gestern in der U-Bahn-Station hat mich eine alte Frau im Rollstuhl mit fragenden traurigen Augen angeschaut«, fuhr Isabella fort. »Ich habe meine Maske abgenommen und sie angelächelt. Sie strahlte über das ganze Gesicht. Ihre Pflegerin hat sich bei mir bedankt. Ich habe sie schon sehr lange nicht mehr so strahlen gesehen, meinte sie.«

»Nette Geschichte«, musste sogar Prinz zugeben. »Wie steht es jetzt um deine Erschöpfung?«

»Durch das Reisen habe ich wieder eine Leichtigkeit und Lebenslust gespürt, vor allem in Schweden, wo die Pandemie praktisch nicht präsent war«, sagte Isabella. »Ich glaube, das ist die beste Waffe gegen Erschöpfung. Viel lachen. Sich gut ernähren. Bewegung und Sport. Meditative Elemente wie Yoga. Ein bisschen mehr Disziplin. Sich um andere Menschen kümmern, denen es nicht so gut geht, statt immer nur an sich selbst zu denken. Ich hoffe, dass ich durch all das nicht mehr so schnell in diesen Erschöpfungszustand gerate.«

»Ja, mehr Disziplin würde mir auch nicht schaden«, stellte Prinz fest und bestellte noch zwei *Weitra*, dazu *Olives Niçoise*.

»Magst du eigentlich Innereien?«, fragte Isabella. Sie musste gerade an die Schweinskutteln in Porto denken. Ihr Magen knurrte.

»Ich liebe gebratene Leber. Auch geröstete Nierndln, wie es in Wien so schön heißt, schmecken mir. Mit Kutteln kannst du mich allerdings jagen. Wenn ich an Darmwände denke, dann vergeht mir der Appetit.«

»Und Herz?«

»Hab ich noch nie gekostet«, sagte Prinz, »interessiert mich aber.«

»Dann lade ich dich am Samstag auf ein Rahmherz zu uns ein.«

Prinz war auch noch nie in ihrer Wohnung gewesen. Sie fragte sich, wie ihre Katzen wohl auf ihn reagieren würden.

»Sehr gerne«, erwiderte Prinz.

»Kalb oder Lamm?«

Er zögerte. »Gibt es da einen großen Unterschied?«

»Das Lamm ist kräftiger«, erklärte sie. »Das Herz vom Kalb hat nicht so viel Eigengeschmack.«

»Dann mag ich Lamm«, entschied Prinz.

»Und magst du auch Katzen?«

»Zwei- oder vierbeinig?« Er grinste.

Isabella verdrehte die Augen. Prinz konnte sich manchmal wie ein ganz übler Macho gebärden.

»War nur ein blöder Scherz«, versicherte er. »Ja, ich mag Katzen. Sogar noch lieber als Hunde. Weil sie stolz und eigenwillig sind.«

»Ja«, lachte Isabella. »Hunde haben Herrchen, Katzen haben Diener.«

11

Mehmet in seiner roten Lederschürze winkte schon von weitem, als er Isabella sah. »Einmal Lammbeuschel?«, fragte der türkische Fleischhauer seine Stammkundin. »Heute nur Herz«, sagte Isabella, »ich koche Rahmherz für zwei.«

Ihre Gedanken wanderten nach Siegersdorf im Burgenland. Dort züchtete Andreas Vorreiter Lämmer, mit dessen Fleisch er nicht nur die Umgebung, sondern auch den Osten Wiens belieferte. Seine Lämmer wuchsen auf der Wiese auf, fraßen Gras, Kräuter und Körner und wurden auf dem eigenen Schlachthof getötet. Von Andreas hatte Isabella gelernt, warum Lämmer blöken. Die Muttertiere, so hatte er ihr erzählt, als sie den Hof einmal für eine Reportage besucht hatte, leben in der ständigen Furcht, von ihren Kleinen getrennt zu werden. Deshalb bleiben sie akustisch mit den Milchlämmern in Kontakt, um sich in der Herde nicht aus den Augen zu verlieren. Die Tatsache, dass die Kleinen nur ein paar Monate leben durften, bevor sie geschlachtet wurden, war Isabella zwar bewusst, sie versuchte sie aber, so gut sie konnte, auszuschalten. »Wir werden schon drei Stück brauchen«, gab Mehmet nun zu bedenken. Das Herz eines Lammes war nicht viel größer als eine Williamsbirne, und kaum mehr als hundert Gramm schwer.

Er legte ein Blatt Papier auf die Waage, breitete drei in zwei Hälften geschnittene Herzen darauf aus, gab den Preis von 5,99 Euro pro Kilo ein und druckte das Etikett aus. »492 Gramm, macht 3,44 Euro, Madame.« Er wickelte die Herzen ein und reichte sie Isabella.

Zu Hause schlängelten sich Mogli und Prinzessin um ihre Beine. Der Duft der Innereien machte die Katzen ganz nervös.

Es war 16 Uhr, also genug Zeit, das Rahmherz Schritt für Schritt in Ruhe zuzubereiten. Sie hatte Prinz für 18 Uhr eingeladen. Vielleicht würde sie schon beim Kochen ein Glas Grünen Veltliner trinken, überlegte Isabella, und legte die Musik von *Prince of Egypt* auf. *When you believe.*

Nun lagen die drei kleinen Herzen vor ihr, außen hatten sie eine weiße Maserung, innen waren sie blutrot. Sie schälte Karotten, Gelbe Rüben, Sellerie, Zwiebeln und Knoblauch. Sie kochte Wasser auf, würzte mit Salz, Pfeffer, Schabzigerklee und Bertramwurzel, gab einen Schuss Essig dazu und legte erst das Herz, eine halbe Stunde später das Gemüse ein und ließ alles eine weitere halbe Stunde köcheln. In dieser Zeit bereitete sie Semmelknödel zu.

Nach sechzig Minuten hob sie eines der Herzen aus dem Fond und machte eine Bissprobe. Das Herz war butterweich, es zerging auf der Zunge. Sie nahm auch die beiden anderen Herzen und das Gemüse aus dem Topf, schreckte mit kaltem Wasser ab und schnitt alles feinblättrig. Die Herzblätter hatten jetzt die Form von großen Zungen. Die Zwiebel und den Knoblauch röstete sie in einem zweiten Topf in Butterschmalz goldbraun, staubte mit zwei Löffeln Mehl, schwenkte alles kurz durch und goss mit Suppe auf. Sie mischte scharfen Senf und Obers dazu, legte das Herz und das Gemüse in die Sauce und ließ es weiterköcheln.

Die Zeit war wie im Flug vergangen, sie war in einer Art Flow gewesen, jenem Zustand, von dem der ungarische Forscher Mihály Csíkszentmihályi gesagt hatte, dass er zutiefst glücklich mache. Kochen machte Isabella glücklich.

Ein zweimaliges kurzes Läuten kündigte Prinz an. Isabella öffnete die Haustür an der Fernsprechanlage und schickte ihm den Aufzug. Ein paar Minuten später stand er in Mantel und Anzug in der Tür, mit einer Flasche Rotwein im Arm.

»Hereinspaziert«, rief Isabella vergnügt. Die Katzen beobachteten den Gast mit einiger Skepsis.

Prinz setzte sich an den Holztisch, der von einer Wand begrenzt wurde, an der Fotos aller möglichen Menschen hingen, denen Isabella im Laufe ihres Lebens begegnet war und die ihr alle sehr viel bedeuteten. Prinzessin und Mogli schnupperten mittlerweile interessiert an seinem Anzugbein.

»Die Küche ist genial«, sagte Prinz anerkennend und ließ den Blick durch den Raum schweifen. Das Filmbuch, das auf dem Holzbuffet lag, blieb ihm nicht verborgen. »9½ Wochen«, sagte er, »ein sehr anregender Film.«

»Hab's noch nicht angesehen. Ich will mich dem Thema mal auf der theoretischen Ebene annähern«, lachte sie ein wenig verlegen.

»Sehr gut«, sagte Prinz, als hätte sie gerade von einer neuen Sportart gesprochen. »Übrigens habe ich dir was mitgebracht.«

Er reichte ihr eine von zwei Papiertaschen der Buchhandlung Morawa. Darin lag der Roman von Benjamin von Stuckrad-Barre, *Panikherz*. »Ich dachte, es passt zum heutigen Anlass«, lächelte er. Für sich selbst hatte er das Buch auch gekauft. Isabella mochte diese Großzügigkeit. Sie stellte es sich schön vor, einen Roman getrennt, aber doch gemeinsam zu lesen und sich dann darüber auszutauschen.

Nun stand Prinz auf, um einen Blick in die dampfenden Töpfe und Pfannen zu werfen. »Und was bereitest du auf dem Tepanyakigrill zu?«

»Steaks zum Beispiel«, erklärte Isabella und zeigte ihm demonstrativ die Zähne. »Aber erst wieder, wenn das hier alles saniert ist.«

»Es riecht ganz fantastisch«, sagte er, und Isabella nahm ihm aufgrund der Stimmlage ab, dass er meinte, was er sagte.

Sie öffnete den Rotwein, den er mitgebracht hatte. Einen etwas stärkeren Italiener, *Montepulciao d'Abruzzo*. Er hatte eine tiefrote Farbe und schmeckte bereits unmittelbar nach dem Öffnen großartig, noch vor dem Dekantieren und ohne dass er Zeit gehabt hatte zu atmen. Dann vollendete sie die Sauce des Herzes mit glatt gerührtem Sauerrahm und gehackter Petersilie. Erst jetzt war es ein Rahmherz. Sie richtete es mit den Serviettenknödeln auf tiefen Tellern an und servierte es Prinz.

Als sie ihm gegenübersaß, nahm er den ersten Bissen und schüttelte den Kopf. »Das ist wirklich unglaublich«, sagte er, »einfach fantastisch, wie weich und zart dieses Fleisch ist. Und dann diese Sauce und die Knödel, einfach ein Traum.«

Isabella war in Hochstimmung, und bei aller Selbstkritik, das Rahmherz war ihr tatsächlich großartig gelungen, wie sie fand. »Dieses Kompliment kann ich bei diesem Wein nur zurückgeben«, sagte sie.

»Ja«, erwiderte Prinz und nahm einen Schluck, »ich mag ihn auch.« Ein Lächeln flog über sein Gesicht.

»Was ist?«, fragte Isabella, ebenfalls mit einem Lächeln. »Warum lachst du?«

Prinz nahm einen weiteren Bissen und fixierte ihr Gesicht mit einem Blick aus seinen hellen Augen. »Dieses

Rahmherz gibt irgendwie Kraft, der ganze Körper ist voller Energie, das kenne ich sonst nur vom Eisschwimmen.«

»Vom Eisschwimmen?«, fragte Isabella und erinnerte sich an seine Nachricht, als sie ihm ein Bild von der Atlantikküste geschickt hatte. Dass Eisschwimmen ein richtig gutes Gefühl sei.

»Ja«, sagte Prinz und stellte sein Glas ab, »hab ich dir wirklich nie davon erzählt?«

Isabella beugte sich leicht nach vorne. »Nicht dass ich wüsste«, flüsterte sie mehr als sie sprach.

»Eisschwimmen«, begann Prinz, »Eisschwimmen«, wiederholte er lächelnd, »versetzt dich in einen neuen Körper.«

Isabella lächelte nun ebenfalls. »In einen neuen Körper? Das ist interessant, das musst du mir näher erklären.«

Prinz nickte und zog den linken Mundwinkel leicht nach oben. »Ich mache das schon seit über zehn Jahren. Jedes Mal im Attersee im Winter, wenn der erste Schnee auf den Feldern liegt. Ich habe dort eine kleine Hütte, nichts Besonderes, aber sie liegt direkt am See. Zwei, drei Mal pro Winter fahre ich dort hin und gehe baden. Es ist nur am Anfang kalt, dann wird dir warm im Wasser, und dann – nach dem Bad und dem heißen Duschen – fühlst du dich im wahrsten Sinne wie neu geboren. Du bestehst nur noch aus Energie und hast das Gefühl, dass du so aufgeladen bist, dass du im Dunkeln leuchtest.« Er nahm einen Schluck Wein. »Komm doch mit, das nächste Mal. Du wirst begeistert sein.«

Isabella lächelte. »Ich überleg's mir.« Ihr jagte allein die Vorstellung schon kalte Schauer über den Rücken, wie sollte sie da eisschwimmen?

»Ich sag dir rechtzeitig Bescheid«, erklärte Prinz, als hätte er ihre Gedanken erraten, »dann hast du keine Ausrede.«

»Es beginnt gleich Liebesg'schichten und Heiratssachen«, lenkte Isabella vom Thema ab. »Wollen wir uns ein bisschen amüsieren?« Die schrullige Kuppelshow war ein Publikumsmagnet des österreichischen Fernsehens.

»Sicher«, nickte Prinz, »obwohl ich nicht verstehe, warum die alle unbedingt heiraten wollen.«

»Ja«, sagte Isabella, »es geht millionenfach schief, trotzdem glaubt jede und jeder, bei ihr oder ihm sei es anders. Was liegt diesem Irrglauben wohl zugrunde?« Kurz überlegte sie. »Ich glaube, es muss eine ganz tiefe Sehnsucht sein.«

»Oder kollektive Verblödung«, lachte Prinz.

»Ich hab ja nie geheiratet«, erklärte Isabella nun, »ganz im Gegensatz zu dir. Du bist diesem Irrtum ebenfalls erlegen.«

»Das ist ja das Furchtbare«, überlegte er, »sogar zweimal. Na ja. Bis ich Gerhard Schröder erreicht habe, kann ich noch dreimal heiraten.«

Isabella erinnerte sich an ein Partnerschaftsinterview, das sie in den Neunzigerjahren mit dem damaligen Ministerpräsidenten von Niedersachsen, dem späteren deutschen Bundeskanzler und seiner Ehefrau Hillu geführt hatte. Wenn Gerhard fremd ginge, hatte Hillu erklärt, dann stünde ihr Haus in Flammen. Ein Weltklasse-Zitat.

»Da wäre ganz Hannover schon abgebrannt«, stellte Prinz trocken fest.

Nachdem er zwei Portionen Herz gegessen hatte, legte er das Besteck auf den Teller. »Das waren die besten Innereien, die ich je gegessen habe. Many thanks. Ich revanchier mich mit Saibling und Whisky nach deinem Bad im Attersee.«

Isabella lachte. »Auf Letzteres freu ich mich schon sehr. Apropos Whisky – möchtest du noch einen?«

Prinz schüttelte den Kopf. »Danke«, sagte er, »ich würde schon wollen, aber ich muss jetzt leider gehen. Nochmals danke.« Er stand auf. Isabella brachte ihn zur Tür und fragte sich, wohin er jetzt wohl unbedingt gehen musste und wie extrem er sich spüren wollte, wenn er gern im eisigen Wasser schwamm? Nachdem Prinz in den Lift gestiegen war, schlenderte sie langsam zurück zur Küche. Saibling und Whisky, ja, absolut! Sehr gerne sogar. Aber eisschwimmen? Niemals. Sie lächelte Mogli zu, der auf der Küchenbank saß, und entschied sich, noch einen Schluck Rotwein zu nehmen. In der Früh wollte sie gleich einen Termin bei Michael vereinbaren, um endlich die dunkle Geschichte, die sie im Spätsommer nach Südengland geführt hatte, genauer zu beleuchten.

Beim Einschlafen wurde ihr bewusst, dass der Saibling, den Prinz erwähnt hatte, sie an die Fish & Chips in Bournemouth erinnert hatte. Das Unterbewusste fand immer einen Weg an die Oberfläche, auch wenn es mitunter ein sehr verschlungener war.

12

»Was ist heute dein Auftrag an mich?« Isabella kannte diese Frage schon. Ihr Coach füllte die Karaffe mit frischem Leitungswasser und sank in den weißen Lederfauteuil.

»Ich möchte mit dir über ein schwieriges Thema reden.«

Michaels Blick war fest und ruhig, sie schöpfte Vertrauen und Mut.

»Du weißt ja, dass meine Reise mich auch nach Südengland geführt hat. Bournemouth. Dort habe ich mit 13 Jahren Englisch gelernt. Dieser Sommer, die Sprachschule, das Reihenhaus am Meer, in dem ich gewohnt habe, die Familie mit dem kleinen Buben, die Fish & Chips, die ich gegessen habe, all diese Erinnerungen führen immer wieder zu einem Mann zurück.«

Isabella sah ihn vor ihren Augen. Elegante Erscheinung. Schöne Hände. Warme, dunkelbraune Augen. Ein Mann, zu dem sie aufgeschaut hatte. Eine Respektsperson.

Michael sagte nichts. Er hörte nur zu. Es war manchmal wichtig, nicht gleich etwas zu sagen, das wusste Isabella von ihren Interviews. Sich ganz zurückzunehmen. Die Pausen auszuhalten, die entstanden, wenn das Gegenüber nachdachte. Die Stille zwischen zwei Sätzen konnte unerträglich sein.

»Dieser Mann war ein Lehrer«, fuhr sie fort. »Er hat im Unterricht von Sprachferien erzählt. Ich habe mir das wunderbar vorgestellt. Eine Sprache zu lernen und dabei Ferien zu machen, vielleicht sogar am Meer. Ich war noch nie am Meer. Und ich war in meiner Klasse die Beste in Englisch. Deshalb habe ich mich ihm anvertraut. Er überzeugte meine Eltern schließlich, dass sich diese Investition lohnen würde. Er erreichte, dass ich ans Meer fahren durfte.«

Dann erzählte Isabella in klaren, knappen Sätzen, was beim Lehrer zu Hause in der Holzstube geschehen war. Dass er sie, die kleine Bella, auf seinen Schoß gezogen hatte. Dass sie auf einmal ein seltsames Gefühl hatte. Dass sie instinktiv weggelaufen war.

»Genau genommen war es gar kein Missbrauch«, schloss sie.

»Vielen Dank, dass du mir diese schwierige Geschichte anvertraut hast«, holte Michael aus. »Das war sicher nicht leicht für dich. Warum denkst du, dass es kein Missbrauch war?«

»Es ist ja nichts passiert«, sagte Isabella.

Michael hob die linke Augenbraue. Isabella wusste, dass das, was er nun sagen würde, in der Gesprächstherapie *Reframing* genannt wurde. Der Coach formuliert das Gesagte mit den Infos, die ihm seine Klientin gegeben hatte, um.

»Es war sehr wohl Missbrauch«, erklärte er. »Der Mann hat dein Vertrauen missbraucht. Er hat deine Würde verletzt, indem er dich zum Objekt seiner sexuellen Begierde gemacht hat. Du hast offenbar ja ganz genau gespürt, dass er eine Grenze überschritten hat, und das Richtige getan.«

War sie noch ein Kind gewesen? Isabella sah das kleine Mädchen mit den dunklen, trotzigen Augen wieder in dieser Holzstube sitzen. Auf dem Tisch vor ihr und ihrem Fürsprecher lagen die Prospekte der Sommerschule in Südengland. Fotos von lachenden jungen Menschen, Badeszenen am Strand, Bilder aus den Klassen, englische Worte an der Tafel. Es tauchte aber auch die Gewalt des Patriarchats vor ihrem inneren Auge auf, das weibliche Sexualität und Frauenkörper im Besitz von Männern sah. Es war vorherrschend in Bellas Kindheit. Die rohe Sprache der Männer. Frauen hießen »Wiebor« – Weiber. Der Mann »nahm« sie sich, er »packte« sie. Isabella hatte den Dialekt längst abgelegt.

»Ich war damals gerade 13 und hatte die langen dunkelblonden Haare zu zwei Zöpfen geflochten, an meinen Knien klebten immer Pflaster. Die Brüste veränderten sich gerade. Über Sexualität wurde sowieso nicht gesprochen. Meine Regel bekam ich erst ein Jahr später. Ich war völlig geschockt, weil ich plötzlich blutete. Meine Mama hat mir die hygienischen Maßnahmen erklärt. Dass ich ab nun einmal pro Monat Binden tragen müsse. Tampons kamen erst später. Was das alles bedeutete, darüber wurde ich im Unklaren gelassen. Aufgeklärt, wie es so schön heißt, wurde ich nie. Ich habe später alles selbst recherchiert. Und zu jener Zeit gab es noch kein Internet. Ich habe lange nicht einordnen können, was damals passiert ist.«

Isabella nahm einen Schluck Wasser.

»Wie geht es dir?«, fragte Michael, als könnte er Gedanken lesen.

Isabella holte tief Luft. Dann fasste sie in Worte, was ihr gerade bewusst geworden war. »Dieses Erlebnis, von dem wir hier sprechen, war nicht das einzige. Es ist schon viel früher etwas passiert. Ich habe das, was mir als 13-Jährige widerfahren ist, aber nie mit den anderen Vorfällen in Verbindung gebracht. Und ich habe nie mit jemandem über all das gesprochen. Warum ist das so?«

Es war wohltuend, nur über die Fakten zu sprechen. Einfach Fragen zu stellen. Das Gefühl der Ohnmacht auszuklammern.

»Vielleicht aus Scham?«, schlug Michael vor. »Bei Missbrauch glaubt das Kind oft, selbst für die Grenzverletzung verantwortlich zu sein. Gerade wenn der Täter eine Vertrauensperson ist, mag das Kind die Person ja auch und ist von ihren Handlungen verwirrt. Du hast selbst gesagt, es war lange schwierig für dich, dieses seltsame Gefühl einzuordnen. Dem gegenüber steht der Pädophile, der das Vertrauen ausnutzt. Er verschiebt oft langsam die Grenzen, so dass es nicht auffällt, welches Ziel er langfristig verfolgt. Oft sind diese Täter besonders nett zu Kindern und testen von langer Hand geplant aus, wie ein Kind und sein Umfeld auf Grenzverletzungen reagieren. Das ist oft selbst für Erwachsene schwer zu durchschauen, weil pädophile Menschen hochgradig manipulativ sind. Für Kinder ist das noch schwieriger, gerade wenn sie in einem Umfeld aufwachsen, in dem das Sprechen über Sexualität und Körper verpönt ist. Schaut die ganze Umgebung weg oder spielt mit, weil der Täter vermeintlich ja so kinderlieb ist und nicht sein kann, was nicht sein darf, kann der Täter damit rechnen, dass dem Kind nicht geglaubt wird. Und so ist es leider oft auch.«

Warum quälte es sie erst jetzt, Jahrzehnte später? Wo war die Verletzung in all der Zeit abgespeichert gewesen? Und wie war sie wieder ans Tageslicht gekommen?

»Ich glaube, deine Auseinandersetzung mit dem Mann, dem du so viele Mails geschrieben hast, war in Wahrheit eine Auseinandersetzung mit dir selbst«, sagte Michael. So wie ihr Freund Robert Schneider, der Autor von *Schlafes Bruder*, es ausgedrückt hatte. »Du kehrst in kreisenden Bewegungen immer wieder zur selben Frage zurück: Wer bin ich?«

Der Coach fuhr fort. »In solchen Phasen kommen Themen auf, die lange weggeparkt waren. Durch unbewusste Reize wird eine traumatische Erfahrung plötzlich reaktiviert. Die Scham hat dich geschützt und belastet zugleich. Die Psyche hat dissoziiert. Du hast dich ausgeklinkt. Es ist deinem Körper passiert, aber nicht dir. Heute kannst du das, was dir widerfahren ist, hier erzählen. Das ist ein großer Schritt.«

Isabella fühlte Tränen aufsteigen. Am liebsten hätte sie geweint. Sie fasste sich schnell und kehrte in ihre Rolle als Fragestellerin zurück.

»Macht es Sinn, den Täter zur Rede zu stellen, oder ist es besser zu warten, bis er gestorben ist?«

Michael bemerkte die Aggression, die in Isabellas Frage lag, ging jedoch nicht näher auf sie ein.

»Das kannst nur du selbst wissen, was dir guttut. Der Vorwurf sexueller Übergriffe polarisiert die Menschen meistens. Die einen werden dir glauben, die anderen nicht und den Täter schützen. Oft denkt man, dass man erst Frieden schließen kann, wenn der Täter verurteilt ist. Auch die Nachkommen von Nazis oder Kinder von gewalttätigen Eltern hoffen auf diese Erleichterung. Aber leider passiert das in der Realität viel zu selten, und die Gewaltopfer erleben stattdessen eine Retraumatisierung. Ich persönlich denke, dass Täter bestraft werden sollten. Selbst wenn sie nicht verurteilt werden, sind zumindest die Vorwürfe schon einmal öffentlich bekannt gemacht worden, und es wird dem Täter in Zukunft vielleicht erschwert, pädophile Handlungen an weiteren Kindern vorzunehmen. Das ist für Betroffene oft wichtiger als die Strafe: Zu wissen, dass dieses schreckliche Erlebnis anderen Kindern nicht mehr passieren wird.«

Ihre Täter waren leider schon tot. Aber sie war sich rückblickend auch gar nicht sicher, ob eine öffentliche Bloßstellung etwas gebracht hätte. Wer hätte ihr geglaubt? Isabella bewunderte den Mut jener Frauen, die ihre Gewalterfahrungen unter diesen schwierigen Bedingungen öffentlich gemacht hatten. Es war jedenfalls ein Scheißgefühl.

»Was glaubst du, hat das alles mit mir gemacht?« Sie konnte hören, dass ihre Stimme brüchig war.

»Missbrauch kann zu schweren körperlichen und seelischen Störungen führen«, erwiderte Michael. »Für solche Kinder gibt es als Erwachsene oft keine absolute Sicherheit. Sie haben erlebt, dass jemand, dem sie vertraut haben, dieses Vertrauen ausgenutzt und ihre Intuition manipuliert hat. Nach einer solchen Erfahrung ist es schwierig, in intimen Beziehungen Männern wieder vollständig zu vertrauen. Deshalb erleben Frauen, die in ihrer Kindheit missbraucht wurden, Sexualität manchmal als reine Dienstleistung. Als Form von Kommunikation, die zwar lustvoll erlebt wird, aber schwer in ein Beziehungskonzept passt. Leider vertrauen diese Frauen noch am ehesten Narzissten. Deren Charakterzüge passen zum Missbrauch. Sie haben verlernt, auf ihr Gespür, ihr Bauchgefühl bei Menschen zu hören. Das macht sie anfällig für weitere Manipulationen, vielleicht auch dafür, immer wieder missbräuchliche Beziehungen zu wiederholen, wenn sie nicht in einer Psychotherapie daran arbeiten.«

Das letzte Quäntchen Vertrauen, dachte Isabella, gebe ich wirklich niemandem. Damit hatten sich schon einige Männer abfinden müssen. Und auch sie selbst.

»Ich könnte mir aber vorstellen, dass das Misstrauen nicht nur beeinflusst, wie du Liebesbeziehungen führst, sondern auch andere Bereiche deines Lebens«, sagte Michael nun.

Isabella wurde neugierig.

»Menschen, die sich aufgrund von Gewalterfahrungen in intimen Beziehungen schwertun, jemand zu vertrauen, werden sich tendenziell auch im Berufsleben Jobs suchen, bei denen sie eine gewisse Kontrolle haben, bei denen sie mit Grenzen gut umgehen können. So re-inszenierst auch du heute die Fähigkeiten, die du als missbrauchtes Kind erworben hast.«

»Bei den Interviews?«, fragte Isabella.

Michael nickte. »Genau. Du kannst schnell Vertrauen erzeugen, erlebst in kürzester Zeit Nähe und Innigkeit, was auch eine Form von Macht ist. Aber dann kannst du loslassen, es bleibt keinerlei Verpflichtung oder Bindung zurück. Bis du aber selber Vertrauen schöpfst und dich einem Menschen offenbarst, bis du einen sicheren Hafen findest, in dem du dich geschützt fühlst, das dauert…«

Isabella dachte an ihre *relationship* mit Prinz, der ihr offenbart hatte, dass er keinen Sex wollte. Vielleicht verlieh ihr das unbewusst eine Form von Sicherheit, vielleicht fühlte sie sich deshalb so hingezogen zu ihm.

»Du wirst jedenfalls immer ein wachsames Auge auf dich selber haben, wie heikel die Situation auch ist«, schloss Michael. »Das ist auch etwas Positives. Beim Thema Alkohol zum Beispiel. Du hättest als Wirtstochter leicht Alkoholikerin werden können, aber dir ist es wahnsinnig wichtig, die Kontrolle nicht zu verlieren. Um dir zu beweisen, dass du selbst im Exzess noch die Kontrolle hast, lotest du immer wieder Grenzen aus. Das verbindet dich mit Prinz. Mit ihm kannst du Alkohol genießen, ohne abhängig zu werden und dir jedes Mal aufs Neue versichern, dass dir mit diesem Mann nichts passiert.«

Es fühlte sich gut an, was Michael sagte. Und richtig.

»Ist meine Idealform einer Beziehung auf diese Erfahrungen zurückzuführen?« Eigentlich kannte Isabella die Antwort schon. Sie wollte und konnte gar nicht mehr Bindung und Nähe ertragen als eine unkonventionelle Verbindung bot. Manche nannten dies Autonomie, aber in Wahrheit war es eine Überlebensstrategie.

»Eine Traumatherapie würde dir vielleicht helfen, ein bisschen mehr Intensität zuzulassen«, beantwortete Michael ihre letzte Frage.

Sie saßen lange schweigend da, es war ein Moment des vollkommenen Verständnisses.

Isabella dachte an die Missbrauchsfälle in der katholischen Kirche, wo Täter nur versetzt, aber niemals vor Gericht gestellt wurden. Wo hohen Würdenträgern nicht einmal eine Entschuldigung über die Lippen gekommen war. Nirgends wurde wohl so viel unter den Teppich gekehrt wie im Zuge dieses Tabus. Sie fühlte sich mit den vielen Opfern tief verbunden.

»Du hast erwähnt, dass der Mann, der so getan hat, als würde er dich fördern, aber dann dein Vertrauen missbraucht hat, nicht das einzige Erlebnis sexueller Gewalt war. Wie alt warst du eigentlich, als dir das das erste Mal passiert ist?«, fragte Michael schließlich.

Isabella sah ihm in die Augen, sie konnte ihre Tränen nun nicht mehr zurückhalten.

»Acht oder sieben«, schluchzte sie, »ich weiß es nicht mehr. Vielleicht auch erst sechs oder fünf. Ich habe es vergessen.«

»Nein, heute hast du dich erinnert«, sagte Michael und reichte ihr ein Taschentuch. Sie war froh, dass er sie nicht in seine Arme schloss, obwohl sie es sich für einen Moment gewünscht hatte.

13

Regen klatschte auf den Asphalt, als Isabella Mahler durch die Schwingtür des *Media Quarter* ins Freie trat. Die Feuchtigkeit legte sich wie ein tröstender Nebel auf ihre müde Haut. Es war kurz vor 19 Uhr, die untergehende Sonne färbte den Himmel lachsrosa. In weniger als einer Stunde würden in den Druckzentren von Wien und Salzburg die Rotationsmaschinen anlaufen und bis Mitternacht 707.649 Sonntagszeitungen auf die Fließbänder spucken. Ihr Interview mit dem in Bedrängnis geratenen österreichischen Regierungschef hatte es aufs Cover geschafft. *Werden Sie das durchstehen?* Mahlers Titelfragen waren mittlerweile zu ihrer Marke geworden. Persönlich, präzise, provokant. Sie fassten zusammen, so glaubte sie zu wissen, was sich 2,5 Millionen Leserinnen und Leser insgeheim fragten. Und weckten oftmals Neugier, mitunter auch Wut, Mitleid oder Schadenfreude.

Beichtmutter der Nation, so bezeichnete sie ein namhafter Medienexperte auf Twitter seit kurzem. Isabella hatte lange darüber nachgedacht. Auch wenn es sicher nicht so gemeint war, so empfand sie es doch als ehrenwertes Prädikat. Eine Beichte, also ein Geständnis, setzte Vertrauen voraus, und Sünden, also Fehler, bedeuteten immer auch Wendepunkte in Lebensläufen. Als Interviewerin hatte sie nicht zu richten, sie hörte in erster Linie zu. Ihre Fragen gaben dabei die Richtung vor, öffneten mitunter neue Sichtweisen, führten manchmal sogar zu einem Hauch von Einsicht.

Auf der Rolltreppe zum Bahnsteig strich sich Isabella das durchnässte Haar aus dem Gesicht und fing herunterlaufende Wassertropfen mit ihren Lippen auf. Dann stieg sie in die U-Bahn.

Die Reise hatte ihre Einstellung zur Mobilität verändert. Die vielen Fahrten in Bussen, Zügen und Fähren hatte sie als überaus entspannend empfunden. Sie hatte sich vorgenommen, in den Öffis, wie die Wiener ihre Verkehrsmittel auf eine fast kumpelhafte Weise nannten, die Zeit zu nutzen und in aller Ruhe Menschen zu studieren. Wenn sie es einmal sehr eilig hatte, gab es schließlich *car2go* oder *Uber Green*. Den dunkelgrünen Mini wollte sie ihrem jüngeren Sohn zu Weihnachten schenken, sie würde sich auch ohne eigenes Auto autonom fühlen.

An diesem Samstagabend, einem der letzten Spätsommertage, war Isabella zu angespannt dafür. Sie suchte keine Blicke, sondern lehnte ihren Kopf an die Zugscheibe. Sah Häuser, Straßen und Tunnels auf sie zurasen, schwindelerregend schnell. Einen Moment lang stellte sie sich vor, dass es zu einem Frontalzusammenstoß kommen würde und zuckte zusammen. Unter der dünnen Haut, die ihren Brustkorb umspannte, hörte sie ihr Herz wild pochen.

Die Wucht der kalten Jahreszeit, das Ende ihrer Auszeit, das zehrte schon wieder an ihren Kräften. Der Urlaub, wie andere das nannten, hatte nur eine vorübergehende Entspannung gebracht. Isabella fühlte sich ausgelaugt. Wie jeden Samstag, der um sechs Uhr morgens begann und erst kurz vor Andruck der Zeitung endete.

Das Interview mit dem Bundeskanzler hatte am Vormittag um zehn Uhr stattgefunden. Vier Stunden davor war sie aufgewacht und hatte sich noch ein kleines Zeitfenster gegönnt, in dem sie nur mit sich war, den Duft des frisch gemahlenen *African Blue* einatmete und jeden Gedanken an den bevorstehenden Kraftakt wie störende Wölkchen am Sommerhimmel verscheuchte. Beim ersten Schluck Kaffee hatte sie Energie und Zuversicht gesammelt. Danach in den Arbeitsmodus geschaltet, sich die aktuellsten Nachrichten zum Anlass des Gesprächs in Erinnerung gerufen, in Gedanken kritische und empathische Fragen formuliert, eine Dramaturgie entwickelt, sich innerlich ganz auf ihren Gesprächspartner eingestellt.

Sie war hochkonzentriert gewesen. Duschen, anziehen, Haare stylen, das war nebenbei gelaufen. Sie konnte sich mit dem Föhn in der einen Hand sogar mit der anderen Hand die Augen eintröpfeln. Rouge auftragen, während sie die Kehle ihres Katers kraulte. Multitasking hatte sie im Alltag immer wieder bis zur Perfektion geübt. Kleidertechnisch war die Wahl schließlich auf das sonnengelbe, taillierte Sakko gefallen, das wirkte immer frisch. Uber oder U-Bahn? Das hing davon ab, ob sie schon unter Zeitdruck war. Zu spät war sie jedenfalls noch nie gekommen. An diesem Morgen hatte sie einen Wagen bestellt und sich zum Burgring fahren lassen. In Gedanken sah sie den sorgenvollen Blick der Klimaforscherin. Das Stück durch den Volksgarten ins Regierungsviertel war sie deshalb zu Fuß gegangen.

In diesen letzten Minuten vor einem Interview war Isabella Mahler ganz in sich gekehrt, fast stoisch. Aus jahrelanger Erfahrung wusste sie, dass ihre minutiöse Vorbereitung sich auch diesmal wieder bezahlt machen würde. Nur wer sich auf einem festen Pfad bewegte, konnte während des Gesprächs spontan abbiegen und eine neue Spur verfolgen. Nur wer ein schlüssiges Konzept im Kopf hatte, konnte jene Leichtigkeit ausstrahlen, die ihre Gesprächspartner als angenehm und vertrauensvoll empfanden. Dazwischen ging es darum, Spannung auszuhalten. Manchmal zu schweigen, um dem Gegenüber die Chance zu geben, innezuhalten, nachzudenken, vielleicht doch noch mehr preiszugeben. Die Szene immer wieder, wie eine Fliege an der Zimmerdecke, von außen zu betrachten. Details wahrzunehmen. Jede Sekunde präsent zu sein, ohne sich im Gesagten zu verlieren.

Oft beneidete Isabella ihre Fotografen. Deren Arbeit war nach dem Shooting abgeschlossen, sie mussten die Bilder nur noch elektronisch übermitteln. Ihre Arbeit war noch lange nicht zu Ende, wenn sie sich von ihren Interviewpartnern verabschiedet hatte. Soundfile elektronisch zur Transkription übermitteln, Fahrt in die Redaktion, Layouts bauen, Fotos auswählen, Inhalte der Redaktionskonferenz bekanntgeben. Dann das Schreiben. Interview atmosphärisch einleiten und in Frage-Antwort-Form bringen, Zitate zur Autorisierung schicken. Autorisierung abwickeln, unzulässige Interventionen abwehren, auch scheinbar Unwichtiges ernsthaft verhandeln im Abtausch gegen Wichtiges, Unverhandelbares. Langfassung für die Online-Ausgabe, komprimierte Fassung für die Printausgabe fertigstellen. Dazwischen Magenknurren. Zeitdruck. Angst, den eigenen Ansprüchen nicht gerecht zu werden. Nicht nachgeben. Qualität liefern. Nicht aufgeben. Stark bleiben. Müdigkeit und Zweifel aushalten. Und sich irgendwann sagen können: Du hast es wieder einmal geschafft!

Bleierne Müdigkeit mischte sich dann mit der Sehnsucht nach Alkohol. Sich noch ein bisschen aufputschen, bevor man zusammenklappte. Am Sonntagmorgen war Isabella noch immer so schlafbedürftig, dass sie sich den ganzen

Vormittag unter der Bettdecke verkroch. Dann lag sie in sich gekehrt da wie ihre zwei Schildkröten im ungarischen Haus, wenn sie sich in der kühlen, lehmigen Erde vergraben hatten. Der imaginäre Panzer war ihr Schutzschild.

Wie lange wollte sie diesen Affenzahn eigentlich noch durchhalten? Diese Frage geisterte immer öfter durch ihren Kopf. Sie war bald 59, in eineinhalb Jahren könnte sie in Ruhestand gehen. Doch was sollte das überhaupt sein? Isabella wollte sich weder einen Ruhe- noch einen Unruhezustand vorstellen. Nein, sie würde niemals in Pension gehen, jedenfalls nicht freiwillig. Sie wollte immer tätig sein. Obwohl sie an Tagen wie diesen das Gefühl hatte, verrückt zu werden, wenn sie jetzt nicht auf der Stelle Ruhe gäbe. Für ein paar Stunden zumindest.

Als sie die Tür zu ihrer Altstadtwohnung im dritten Wiener Gemeindebezirk aufsperrte, saßen Mogli und Prinzessin schon erwartungsvoll beim Eingang. »Alles gut gegangen?«, rief Marcelo aus der Küche. Er rührte Eiswürfel in ein Glas mit Espresso. Vor ihm lag ein kleiner Berg von Gemüse. »Ja«, murmelte Isabella, kraulte die beiden Tiger und fühlte sich in ihrer Wohngemeinschaft wunderbar geborgen.

Ihre Gedanken wanderten zurück in jene Zeit, in der sie, die zweifache, alleinerziehende Mutter, endgültig zur *Empty Nest Mom* geworden war. Auch das jüngste Kind war weg, das Nest leer, der Muttervogel todtraurig. Schon als das ältere Kind nach England gezogen war, hatte sie jedes Mal weinen müssen, wenn sie im Supermarkt am Käsekrainer-Regal vorbeigegangen war. Nie mehr Käsekrainer kaufen für das Kind. Nur Mütter wussten, wie verdammt weh das tat. Der deprimierende Anblick des vollen Kühlschranks: Wer bitte sollte das jetzt alles essen? Sie hatte jedenfalls keinen Hunger gehabt. Der zurückgelassene Wohnungsschlüssel am Keyboard: Den hätte er doch behalten können! Unordnung überall: So schlimm war das Chaos doch gar nicht gewesen. Der Moment, in dem sie mit dem Jüngsten das letzte Mal French Toast am Küchentisch gegessen hatte, tat bis heute weh. Zu wissen, dass ihr Leben unwiederbringlich nie mehr so sein würde, wie es früher gewesen war. Noch einmal wurde ihr Herz überflutet von dieser großen Sehnsucht.

Dabei war sie nie eine Helikoptermutter gewesen, die wie eine Drohne über ihren Kindern gekreist war. Keine jener Frauen, die ohne Aufgabe im *Empty Nest* zurückblieben, wenn ihre Kinder erwachsen geworden waren. Nein, Isabella Mahler musste keine neue Rolle finden in ihrem Leben.

Sie recherchierte damals diesen Ablösungsprozess, der Eltern, aber vorwiegend Mütter, in tiefe Lebenskrisen stürzen konnte, sehr genau. Fand heraus, dass das Zauberwort »Egoismus« hieß. Durch eigene Ziele und neue Prioritäten gab man den Kindern die innere Erlaubnis, ihr eigenes Glück zu suchen.

Der Gradmesser des Seelenzustands von *Empty Nest Moms* waren die Kinderzimmer. Blieben es Gedenkstätten an 18 unvergessliche Jahre? Oder sollte man den ganzen Krempel wegräumen, alles blitzblank putzen und erst mal zusperren? Isabella entschied sich für die Öffnung und ließ internationale Studenten bei sich einziehen.

Die weitläufige Wohnung eignete sich perfekt dafür. Isabella hatte den Salon mit dem Sternparkett, ihr Schlafzimmer, ein privates Bad und ein großes Büro mit Blick in den

Innenhof für sich. Die Wohnküche teilte sie fortan mit Marcelo, einem spanischen WU-Studenten mit deutschsprachiger Mutter, der jetzt eines der renovierten Kinderzimmer bewohnte und die Dusche ihrer Söhne benutzte. Manchmal kochten sie füreinander, manchmal miteinander, dann wieder blieb die Küche kalt. Es gab keine Regeln. Aber immer wieder Überraschungen.

»Couscous oder der feine Bulgur?«, fragte Marcelo. Er hatte Zwiebeln, rote Paprika, Zucchini und Melanzani in Erdnussöl angeröstet, Pfeffer und Salz darüber gemahlen, auf einem Holzbrett Schafkäse gewürfelt und frischen Koriander gehackt.

»Egal«, erwiderte Isabella und goss Burgunder in zwei Weingläser, »aber würze es jedenfalls mit Kurkuma, dann leuchtet es schön gelb.«

Der Duft und die vielen Farben des vegetarischen Gerichtes erinnerten sie an Ostjerusalem, wo Isabella Mahler vor ewigen Zeiten eine Serie über die geteilte Stadt recherchiert hatte. Jerusalem war seitdem ein Sehnsuchtsort für sie.

Als sich der Geschmack von Gemüse, Käse, Weizen und Kräutern auf der Zunge entfaltete, entspannte sich ihr Körper. Ihr fiel ein, dass sie den ganzen Tag nichts gegessen hatte. Die Spannung wich langsam dem Gefühl, dass alles gut sei. Fast alles.

»Weißt du«, sagte sie schließlich zu Marcelo, »ich fühle mich manchmal wie in einer Endlosschleife gefangen. Ich liefere fast wöchentlich Exklusivstorys. Schreibe Kolumnen am laufenden Band. Die Jahre vergehen. Und ich frage mich, ob das wirklich alles gewesen sein kann?«

Marcelos blaugraue Augen trafen auf ihre. Isabella mochte seinen ernsthaften Blick. Einen Moment lang schwieg er.

»Ich denke, es war sehr viel«, sagte er dann. »Ob es alles war, wird sich weisen. Es liegt allein bei dir.«

Das war ein guter Punkt.

»Was könnte denn die Endlosschleife unterbrechen?«, setzte er nach.

Isabella hörte in sich hinein. »Etwas Großes, scheinbar Unmögliches, noch nie Dagewesenes vielleicht.«

»Hm«, murmelte Marcelo und dachte kurz nach. »Ein Interview mit dem US-Präsidenten vielleicht? Oder mit dem Papst? Weil den Dalai Lama hattest du ja schon.«

Den langweiligen Biden verwarf Isabella gleich wieder, kurz dachte sie an den irrwitzigen Trump und lachte. Da würden wieder alle über sie herfallen. Der Gedanke gefiel ihr. Dann tauchte Franziskus vor ihrem inneren Auge auf. Groß, scheinbar unmöglich, nie dagewesen. Tatsächlich hatte der Heilige Vater, so viel ihr bekannt war, noch niemals einer europäischen Frau ein persönliches Interview gegeben. Allerdings wäre so etwas dann nicht mehr zu toppen. Vielleicht sogar ein würdiger Abschluss ihrer journalistischen Karriere. Wehmut machte sich in ihr breit.

Isabella sah plötzlich ihre verstorbene Mutter vor sich. Sie hielt eine golden blitzende Uhr in der Hand. In ihren Augen lag eiskalter Spott. Wie damals. Immer wenn die kleine Bella sich etwas gewünscht hatte, ließ die Mutter sie spüren, wie vermessen sie das fand. »Und wünscht sich das Fräulein vielleicht auch noch eine goldene Uhr?«

War es vermessen, sich ein Interview mit dem Papst zu wünschen? Sinnlos? Unrealistisch? Letzteres ganz bestimmt.

»Ein Interview mit dem Papst, das wär's«, sagte sie schließlich mit fester Stimme und warf alle Bedenken über Bord.

Marcelo kicherte, als hätte Isabella gerade einen recht guten Witz erzählt. Dann lachten sie beide und Marcelo schenkte Burgunder nach.

In dieser Nacht träumte Isabella vom Petersplatz. Ein kleines Mädchen, das Bella zum Verwechseln ähnlich sah, fütterte mutterseelenallein Tauben im brütend heißen Rom.

14

In Rom war sie zuletzt im Juli vor zwei Jahren gewesen. Isabella erinnerte sich an die kleinen Trattorias, die den Campo de' Fiori säumten, die farbenprächtigen Verkaufsstände mit Früchten, Gemüse und Blumen, das Stimmenkonzert, die leuchtenden lachs- und apricotfarbenen Häuserfassaden, den Duft der Espressi. Sie fuhr immer, wenn sie in Rom war, als Erstes zum Blumenmarkt.

Im Café *Taba* lag immer eine Golden-Retriever-Hündin in der Sonne und schlief, wenn sie dort Station gemacht hatte. Wahrscheinlich gehörte sie der Besitzerin, mutmaßte Isabella. Das *Taba* war eines ihrer Lieblings-Cafés, weil es ausschließlich mit Flohmarktmöbeln eingerichtet war. Kein Tisch sah wie der andere aus, jeder Sessel war ein Unikat, selbst das Geschirr passte nicht zusammen, aber gerade diese zusammengewürfelte Buntheit faszinierte Isabella. Ihr Traum war es immer gewesen, so etwas in Wien zu eröffnen. Sie stellte sich vor, Langzeitarbeitslosen mit einem solchen Projekt eine neue Perspektive zu geben. »Wenn sie dir das erste Mal die Bude ausräumen, wirst du vielleicht nicht mehr so überzeugt sein von deiner Idee«, hatte Marcelo geschmunzelt, als sie ihm von dem Projekt erzählt hatte.

Was hatte der Traum wohl bedeutet, fragte sie sich nun und überlegte, ob es wirklich eine realistische Chance gab, ein Interview mit Papst Franziskus zu bekommen. Ein Kollege hatte es einmal probiert und auf seine mühsam in Italienisch formulierte Anfrage ein Schreiben des vatikanischen Staatssekretariates, aufgegeben in Wien, erhalten. Darin stand:

»Im Namen des Heiligen Vaters sage ich Ihnen für Ihre engagierten Zeilen und den Ausdruck Ihrer Wertschätzung herzlichen Dank. Freundlich bitte ich um Ihr Verständnis, dass aufgrund der großen Inanspruchnahme Seiner Heiligkeit mit universalkirchlichen Aufgaben Ihrer Anfrage leider nicht entsprochen werden kann. Papst Franziskus bittet Sie um Ihr Gebet für seinen weltweiten Hirtendienst. Gerne schließt er auch Sie und Ihre Anliegen in sein Beten ein und erbittet Ihnen und allen, die Ihnen nahestehen, Gottes Schutz und seinen reichen Segen.«

Der Kollege war über diese salbungsvollen Worte fast noch glücklicher gewesen als über eine Zusage, so war jedenfalls Isabellas Eindruck.

Welchen Zugang könnte sie also finden, der außergewöhnlich wäre? Ihr fiel die Geschichte mit Vuk Drašković ein, dem serbischen Oppositionsführer und späteren Außenminister, den sie in ihrer Anfangszeit als Journalistin in Wien einmal auf der Redaktionskonferenz als Interviewpartner vorgeschlagen hatte. Es war in einem Anfall von Übermut geschehen, sie hatte keine Ahnung, wie man einen Politiker aus dem zerfallenden Jugoslawien für ein Gespräch gewinnen sollte. Der damalige Chefredakteur nickte mitleidig und meinte: »Ja, dann probieren Sie das mal, Frau Mahler!« Die Runde der anwesenden Kolleginnen und Kollegen konnte ihre Schadenfreude nur schwer verbergen.

Damit hatte der Vorgesetzte ihren Ehrgeiz geweckt. Isabella folgte ihrem Instinkt und fuhr ins *Oswald & Kalb*.

Das Wiener Szene-Lokal mit dem besten *Osso buco*, das sie je in ihrem Leben gegessen hatte, wurde damals von Wanja, einem gebürtigen Serben, geführt. Ihm vertraute sich Isabella an. Wanja meinte »Kein Problem!« und rief Mirko an, einen serbischen Uhrmacher, der für den Nobeljuwelier Haban die *Rolex*-Uhren reparierte. Mirko meinte »Kein Problem!« und rief Dragan an, den Verbindungsmann der Wiener Serben in Belgrad. Dragan meinte »Kein Problem!« und rief Vuk an.

Zwei Tage später saß Isabella in der AUA-Maschine nach Belgrad, wurde von Dragan in einem klapprigen Trabi ohne Heizung abgeholt und in eine Vorstadt chauffiert, in der sich Vuk Drašković versteckt hielt. Der Politiker saß im Wohnzimmer seines Reihenhauses und rauchte Kette, als Dragan seinen Gast aus Österreich zu ihm brachte. Es war ihre erste weltexklusive Geschichte gewesen und hatte Isabella bei ihren Vorgesetzten und Kollegen einen Sonderstatus verliehen. Hätte sie eine Anfrage an das jugoslawische Informationsministerium geschickt, hätte sie wahrscheinlich nach drei Wochen eine knappe Absage bekommen. Isabellas Gedanken wanderten nun wieder zur Papstanfrage. Am besten würde es wohl sein, Prinz zu befragen. Er hatte überall auf der Welt seine Leute sitzen, und es hätte sie nicht gewundert, wenn er auch imstande gewesen wäre, seine Fühler bis in den Vatikan auszustrecken.

»Zeit für ein kurzes Treffen?«, schrieb sie ihm.

»Klar«, antwortete er prompt.

Sie trafen einander im *Café Museum*, einem Wiener Kaffeehausklassiker mit zuletzt stark gestiegenen Preisen. Der Verlängerte schwarz kostete mittlerweile 5,40 Euro. Prinz trug hellbeige Chinos, ein weißes Hemd und ein helles Leinensakko, das die Farbe seiner Augen noch unterstrich. Seine Füße wurden von leichten, dunkelbraunen Lederslippern umschlossen, mit denen er leicht auf und ab wippte. Er trug keine Socken und wirkte auf Isabella wie jemand, der mit sich und seiner Umwelt durch und durch im Reinen war.

Sie bestellten zwei Verlängerte, braun für sie und schwarz für Prinz, und Isabella kam ohne Umschweife zur Sache.

»Kannst du mir bei einer Interviewanfrage an den Papst helfen?«

Er schien nicht im Geringsten überrascht. »Das Wichtigste bei so einem Unternehmen ist die Zeit vor dem Start«, sagte er mit einer für Isabella leicht aufreizenden Selbstverständlichkeit. Er mochte keinen Smalltalk, sich über irgendwelche Oberflächlichkeiten auszutauschen war ihm verhasst, er betrachtete diese Art der Konversation als reine Zeitverschwendung.

»Wie meinst du das?«, fragte sie nach der tieferen Bedeutung dieser aus ihrer Sicht sehr kryptischen Bemerkung. Prinz nahm einen Schluck aus der kleinen weiß-roten Keramiktasse.

»Ich meine«, sagte er und stellte die Tasse wieder ab, »dass du dir ein Team zurechtlegen musst, bevor du auch nur daran denken kannst, den Papst zu interviewen.«

Isabella suchte ihr vibrierendes Mobiltelefon in den unendlichen Weiten der Handtasche. »Ein Team?«, wiederholte sie.

»Ja«, sagte Prinz, »also du brauchst jemanden vor Ort im Vatikan, idealerweise einen Diplomaten oder eine Diplomatin, dann brauchst du natürlich Vertreter der Kirche, hier in Österreich und direkt vor Ort in Rom. Ich kann dir da helfen, einen Kontakt in Rom zu bekommen. Mit dieser Kontaktperson besprichst du dann das weitere Vorgehen. Wann du wen wie kontaktierst. Welche Themen wichtig sind, welche du besser auslässt und welche Formulierungen am besten passen. Dann erst beginnt der Start.«

Isabella nahm ihr schwarzes Notizbuch, das sie immer mitführte und notierte sich einige Stichworte.

»Und nach dem Start? Ich meine, wenn ich dann weiß, wen ich wie wann kontaktiere, wie lange dauert das dann?«

Prinz deutete dem Kellner, dass er zahlen wollte. »Lange«, sagte er lakonisch, »du musst Geduld haben, das Protokoll des Vatikans arbeitet gründlich und nimmt sich die Zeit, die es braucht. Aber du hast eine Chance, wenn dir jemand vor Ort hilft, der – oder die – den Vatikan wirklich kennt. Darum meine ich, die Zeit vor dem Start ist die wichtigste. Ich kündige dich bei meinem Kontakt an und schick dir dann die E-Mail-Adresse. Ich melde mich«, sagte er bereits im Gehen.

»Danke«, rief ihm Isabella nach.

Zwei Wochen später formulierte sie, ausgestattet mit allen wichtigen Hinweisen, die der Kontaktmann von Prinz in Rom ihr gegeben hatte, die Interviewanfrage an den Leiter der *Sala Stampa*, dem Pressebüro des Vatikans. Ein leicht abgeändertes Schreiben ging an den Präfekten des vatikanischen Kommunikationsdikasteriums, in das die Abteilung des Leiters der *Sala Stampa* eingegliedert war. Sie druckte den Text auf ihrem privaten, cremefarbenen Briefpapier aus und unterzeichnete die beiden Schreiben mit violetter Tinte. Zeitgleich kopierte sie den Text auch in zwei Mails. Die Anrede wollte Isabella handschriftlich eintragen. Dann begann der eigentliche Text:

Darf ich mich kurz vorstellen? Mein Name ist Isabella Mahler, ich bin leitende Interviewerin und Kolumnistin bei Österreichs auflagenstärkster Tageszeitung (member of the TOP 100 Newspapers in the World). Interviews mit großen Persönlichkeiten führe ich nunmehr schon seit mehr als dreißig Jahren. Als Buchautorin habe ich außerdem mehrere Biografien verfasst.

Seit eineinhalb Jahren bestimmt die weltweite Pandemie die Themenlage, auch in meinen Interviews. Ich versuche dabei, den Blick mit meinen Gesprächspartnerinnen und -partnern immer wieder in die Zukunft zu richten, statt im Krisenmodus zu verharren.

Seine Heiligkeit Papst Franziskus spendet den Menschen mit seinen Gedanken immer wieder in ganz besonderer Weise Mut und Trost. Da es nach der Bewältigung der Covid-Krise nicht nur in Europa um globale Weichenstellungen gehen wird, wäre ein Gespräch über die Post-Covid-Welt in einem Interview von höchster gesellschaftspolitischer Relevanz. Der Heilige Vater hat beispielsweise in seinen Enzykliken »Laudato si'« und »Fratelli tutti« bereits betont, wie wichtig Nachhaltigkeit – ob bei der Umwelt, im Sozialbereich oder bei Finanzierungen und Geldanlagen – für die Welt der jetzigen, aber vor allem der zukünftigen Generationen ist. Auch mit seiner Forderung nach einem bedingungslosen Grundeinkommen hat Seine Heiligkeit eine der großen sozialen Fragen unserer Zeit angesprochen. Das Thema Nach-

haltigkeit bekäme aus seinem Mund im Sinne der »Economia di Francesco« eine tiefere, weitreichendere Bedeutung.

Denken Sie, dass im Laufe dieses Jahres ein solches Gespräch im Vatikan denkbar wäre?

Ich bedanke mich schon jetzt sehr herzlich dafür, dass Sie mein Anliegen prüfen und mich gegebenenfalls wissen lassen könnten, ob ich Ihnen noch weitere Informationen zukommen lassen soll.

Bis dahin verbleibe ich mit lieben Grüßen aus Wien

Isabella Mahler

15

»Heißhunger!« Das war eine WhatsApp-Nachricht von Roxanne. Ihr Bereitschaftsdienst in der Online-Redaktion endete in zehn Minuten. Roxanne war 28, Influencerin auf Instagram und auf unermüdlicher Suche nach Mister Right.

Beim Wort »Heißhunger« dachte Isabella an Spaghetti. Sie hatte meist einen Kohlenhydrate-Nachholbedarf. Beim Gedanken an einen Teller Pasta lief ihr das Wasser im Mund zusammen.

»Wollen wir bei mir Bolognese kochen?«

In der nächsten Sekunde kam schon Roxannes »Daumen hoch«.

Isabella lief schnell zur nächsten Billa-Filiale und holte durchwachsenes Faschiertes vom Rind aus biologischer Landwirtschaft, gewürfelten Speck und Spaghettini von *Pastificio G. Di Marlino* mit ihrem wunderschönen Design von *Dolce & Gabbana*. Alles andere hatte sie zu Hause.

Ein Ragù war wie ein Interview, fand sie. Wer dachte, ein Ragù wäre eh einfach, täuschte sich. Dann wurde es eine riesige Enttäuschung. Wie so manches Interview.

»Eh«, das war so österreichisch und konnte unendlich viele Bedeutungen und Schattierungen haben. Ja, nein, vielleicht, natürlich, selbstverständlich, ausgeschlossen, wirklich, wirklich nicht, unbedingt, bedingt, keinesfalls, notfalls, kommt darauf an. Im Fall der Bolognese hieß es »vielleicht«, aber in diesem »vielleicht« lag eine Arroganz und Unbekümmertheit, die sich als unangebracht herausstellen würde.

Isabella wählte *Casta Diva* aus ihrer Playlist. *Casta Diva, che inargenti*, sang Maria Callas. Dramatische Musik verlieh dem Kochen etwas Feierliches. Zu Bolognese passte am besten eine italienische Arie.

Vor ihr lagen Zwiebeln, Knoblauch, Lorbeerblätter, Wacholderbeeren, Rosmarin, Stangensellerie, Karotten, San-Marzano-Dosentomaten, frische Milch, Speckwürfel, das Fleisch.

A noi volgi il bel sembiante, wende dein schönes Gesicht zu uns! Isabella hackte Zwiebeln und Knoblauch und ließ im größten Topf ein riesiges Stück Butter im Olivenöl schmelzen. Sie wog sich im Takt der Musik und wischte die Zwiebeltränen aus dem Gesicht. Dann hackte sie die Sellerie und Karotten klein, das war die schwerste Prüfung, denn Geduld zählte nicht zu Isabellas Stärken. Sie ließ die Zwiebeln im Öl glasig werden, gab nach und nach die Gemüsewürfel dazu. Das dauerte. Sie packte das Fleisch aus, roch daran, und legte für Prinzessin und Mogli je eine Miniportion zur Seite. Zusammen mit den Speckwürfeln kam es in den Topf. Kräftig salzen, frischen schwarzen Pfeffer darüber mahlen. Sie verabscheute Pfefferpulver, das war höchstens gut zum Niesen. Eifrig gab sie sich selbst Befehle. Rühren, bis die schöne rote Farbe verschwindet! Rösten, bis der Duft von Speck und Fleisch und Knoblauch in der Luft liegt! *Senza nuvole e senza velo*! Wolkenfrei und schleierlos! Die Callas sang sich die Seele aus dem Leib.

Inzwischen war Roxanne eingetroffen. »Hey Beauty!« Isabella nahm die Freundin in den Arm, drückte sie kurz und deutete aufs Weinregal. »Machst du uns einen Alta Mora auf?«

»Yes, Milady«, sang Roxanne im Takt der Callas und holte zwei Flohmarktgläser aus dem Küchenbuffet. Der leichte, aber kräftige sizilianische Rotwein passte perfekt zum Ragù.

Ein, zwei Gläser lang ließ Isabella die Milch einkochen, dann kippte sie Alta Mora dazu. Je besser der Wein, desto besser wurde auch der Rest. So einfach war das.

Auf dem Herd brutzelte die Sauce. »Wichtig ist, dass du sie langsam verdampfen lässt«, erklärte Isabella, erst dann rührte sie die kleingeschnittenen Dosentomaten dazu und verrührte alles. Jetzt ließ sie es auf kleinster Flamme schmoren, das konnte Stunden dauern.

»Was läuft bei dir so?« Sie setzte sich zu Roxanne, die verschwörerisch kicherte, an den Holztisch. Der Rotwein entfaltete gerade seine Wirkung.

Die Schauspielerin Erika Pluhar hatte in einer Talkshow etwas Interessantes gesagt. Sie liebe junge Menschen, denn neben Achtzigjährigen brauche sie auch Gleichaltrige, um sich auszutauschen. So ging es auch Isabella. Den Austausch mit der dreißig Jahre jüngeren Journalistin Roxanne Kerschbaumer fand sie manchmal um vieles spannender als die Gespräche mit Frauen in ihrem Alter. Er versetzte sie in ihre Jugend zurück, war energetisch und inspirierend, sie fühlte sich viel jünger, wenn sie mit Roxanne zusammen war.

»Hab den Champagner-Freund jetzt mal geblockt«, erklärte ihre Freundin. »Er glaubt wirklich, ich sollte dankbar sein, ihn kennen zu dürfen. Dabei entspricht er überhaupt nicht meinen Kriterien.«

Roxanne wollte Spaß, aber sie wollte auch Kinder.

»Welche sind das?«, fragte Isabella und präzisierte. »Seelisch, intellektuell, körperlich?«

Roxanne drehte einzelne Strähnen ihrer dunkelbraunen langen Haare um ihren Zeigefinger, um den Locken neue Sprungkraft zu verleihen. Während sie überlegte, lächelte sie ihr süßes Lächeln.

»Mein Exfreund meinte, ich suche immer nur Männer, die eine ganz bestimmte Funktion erfüllen. Der Mann an sich ist dann gar nicht so wichtig…«

»Eine Art Provider?«, fragte Isabella.

»Genau. Als Kindesvater soll er verlässlich sein und sich um eine Familie kümmern können. Zeitlich und natürlich finanziell.« Roxanne war keine Frau, die für Kinder ihren Beruf aufgeben würde.

»Und körperlich? Weil die Kinder schauen ihm ja dann ähnlich.«

»Solange er halbwegs gut ausschaut, ist mir der Körper eigentlich egal«, grinste Roxanne, »schiach soll er halt nicht sein. Weit über hundert Kilo sollte er auch nicht wiegen. Das ist ein echtes Problem. Ich stehe ja eher auf ältere Männer, und die sind alle schon ein bisschen weich in den Seiten. Ich denke aber, dass meine Schönheit ohnehin alles wettmacht.«

»Penislänge egal?«

Der Duft der Sauce wurde immer intensiver.

»Ich musste gerade an eine Filmszene denken«, lachte Roxanne, »da fragt eine Schöne den Gangster: Ist das ein Colt in Ihrer Hose oder freuen Sie sich, mich zu sehen?« Sie nahm einen großen Schluck vom *Alta Mora*. »Das Thema Länge sehe ich wie Stefanie Sargnagl«, erklärte sie dann. Die Schriftstellerin hatte in einem Interview gemeint, dass absolut jeder Penis okay sei. Roxanne pflichtete ihr bei. »Darauf kommt's überhaupt nicht an.

Das Rundherum muss er gut beherrschen. Zu groß tut nur weh, das brauch ich nicht mehr. Ein Mikro-Penis muss es auch nicht sein, aber klein ist eigentlich egal.«

Sie lachten und tranken noch eine Flasche *Alta Mora*. Das gab der Sauce Zeit, ausführlich zu schmoren.

»Für mich hat guter Sex sehr viel mit Essen zu tun«, sagte Isabella. »Wenn die Küche kalt bleibt, dann ist die Stimmung im Bett meistens auch kühl.« Es war allerdings schon sehr lange her, seit sie diese Erfahrung gemacht hatte. Genau gesagt über zehn Jahre.

»Zeit fürs Finale«, erklärte Isabella feierlich und trat zur Kücheninsel. Sie kochte Wasser in einem großen Topf auf, in das sie großzügig Salz und ein paar Tropfen Olivenöl gab. Mit einer eleganten Handbewegung tauchte sie die Spaghetti ins sprudelnd heiße Wasser und wartete, bis sie in den Topf gesunken waren. In acht Minuten würden sie al dente sein. Isabella brauchte dafür aber keinen elektronischen Timer, sie sah den Nudeln an, wann sie gar waren und trotzdem noch Biss hatten. Dazwischen kostete sie ein, zwei Mal.

Sie schreckte die Pasta auch nicht mit kaltem Wasser ab, das hielt sie für ein großes kulinarisches Missverständnis. Das Kochwasser wegzuschwemmen war ihrer Ansicht nach eine Sünde, denn ein kleiner Schöpfer davon machte jedes Ragù erst so richtig perfekt.

Roxanne rieb fünf Jahre alten Parmigiano, Andrea Bocelli sang *Con de partiro*, Isabella richtete die Spaghetti in tiefen Tellern an und goss das dunkelrote Ragù darüber. *Tu mia luna tu sei qui con me* – du mein Mond, du bist hier bei mir.

»Macht dich Essen auch so glücklich?«, fragte Isabella.

»Nicht per se«, erwiderte Roxanne. »Nur wenn ich in Gesellschaft bin und wenn es auch ein schöner Moment ist. So wie jetzt mit dir.«

16

»Depardieu en ville!« Die Nachricht kam von einem Kollegen aus Salzburg. »Merci beaucoup, cher Claus«, schrieb sie zurück, »den schnappen wir uns!«

Isabella Mahler hatte sich innerhalb ihrer Redaktion einen Sonderstatus erarbeitet. Jede Woche ein Exklusivinterview aufzutreiben, das hätte sie niemals alleine schaffen können. Schon gar nicht über Jahrzehnte hinweg. Das war nur möglich, wenn ein Team hinter ihr stand. Der Herausgeber, der niemals »Nein« sagte und an sie glaubte, meistens jedenfalls. Daisy, in deren Büro alle Fäden zusammenliefen. Eine Reihe von Kolleginnen und Kollegen in allen Bundesländern, die ihre Ideen mit Isabella teilten und sie bei der Organisation unterstützten. Und manchmal kamen frühzeitig Hinweise, so wie der von Claus.

Gérard Depardieu. Isabella hatte seine Biografie gelesen. *Ca s'est fait comme ça*. Drittes von sechs Kindern eines Blechschmieds. Hätte eigentlich gar nicht auf die Welt kommen sollen. Seine Mutter wollte es mit aller Gewalt und zwei Stricknadeln verhindern. Später stand ihr der Sohn als Geburtshelfer bei. »Sie war ständig schwanger«, schreibt Depardieu. Mit zehn ging er auf den Strich.

Mit 16 sieht der Kleinkriminelle eine Molière-Aufführung und beschließt, Schauspieler zu werden. Mit dreißig ist Depardieu der Star des französischen Kinos. Verkörpert wie kein anderer Frankreich, ein Mythos wie Brigitte Bardot und Asterix. Bald wird er abtrünnig und fährt besoffen Motorrad. Vergisst seine Rollentexte. Hasst die Bourgeoisie.

Seit 2013 ist er Russe, aus Steuergründen. Bekennt sich zu Putin und Fidel Castro. Die Schauspielerei ist ihm inzwischen herzlich egal. Frisst und säuft sich zu Tode. Sein Sohn Guillaume nahm sich das Leben.

Was für eine Biografie. Da war nichts Geradliniges, da waren nur Brüche. Und genau diese Brüche in Lebensläufen waren immer lohnende Anknüpfungspunkte in Interviews. Isabella konnte nicht glauben, dass sie jetzt gleich um ein Interview mit diesem Weltstar ansuchen würde.

Rasch formulierte sie ein Mail an das Pressebüro des Salzburger Landestheaters. Dort trat Depardieu als »Cyrano« auf.

Es war ein Dienstag um 12.12 Uhr, als sie das Mail abschickte. Isabella glaubte fest daran, dass schöne Zahlen ihr Glück bringen würden. In der Zeit, die zwischen Anfrage und Antwort lag, dachte sie an nichts anderes. Wenn man die gesamte Energie in ein Vorhaben fließen ließ, dann bekam es eine besondere Kraft. Das war ein Glaubenssatz von Isabella.

Diese Wartezeit, das Bündeln der Energie, war immer nervenaufreibend. Isabella liebte dieses Gefühl. Sie hätte in dieser Zeit auch eine Nummer 2 und eine Nummer 3 anfragen können, also Personen, die unmittelbar oder mittelbar nach Depardieu rangierten. Aber das empfand sie als Frevel. Für sie gab es immer nur die Nummer 1. Immer nur Plan A, keinen Plan B. Und zwar so lange, bis ihr absoluter Wunschpartner zu- oder absagte. Passierte Letzteres, dann verschwendete sie keinen Gedanken mehr daran. Dann konzentrierte sie sich mit aller Energie auf das Neue. Auf ihre nächste Nummer 1.

Die Antwort aus Salzburg kam schneller als gedacht. Monsieur Depardieu empfange sie gerne Freitagmittag im Hangar 7, das Zeitfenster betrage zehn Minuten. Mon dieu, dachte Isabella, das klang nicht gerade exklusiv. Sollte sie wirklich für zehn Minuten ins mehr als 300 Kilometer entfernte Salzburg fahren? Bien sur, gab sie sich selbst die Antwort und bat Daisy, einen Zug zu buchen. Für zehn Minuten mit Gérard Depardieu wäre sie auch nach Paris geflogen. Das hätte der Klimaforscherin allerdings nicht gefallen.

Zeit war ein wichtiger Faktor bei Interviews. Depardieu im Blatt zu haben, noch bevor er als »Cyrano« am Salzburger Landestheater Premiere feierte, war perfektes Timing. Und natürlich war Zeit eine Grundvoraussetzung für jedes Gespräch. Eine Unterhaltung wurde aber nicht automatisch dichter, wenn mehr Zeit zur Verfügung stand. Isabella hatte gelernt, aus wenig Zeit das meiste herauszuholen. Vierzig Minuten, so hatte es sich im Lauf der Jahre herausgestellt, waren perfekt für ein solides Zeitungs-Interview. Nicht zu viel und nicht zu wenig. Bei aktuellen Anlässen war die Zeit immer knapp. Eine so knapp bemessene Zeit wie bei Depardieu allerdings war schon eine besondere Herausforderung. Wie damals bei ihrem für sie persönlich wichtigsten jemals geführten Interview mit dem Dalai Lama.

Ihr Zeitfenster für das Interview mit dem Oberhaupt der Tibeter hatte zwanzig Minuten betragen – immerhin doppelt so lange wie jetzt bei Depardieu. Aus Erfahrung wusste sie, dass der Zeitrahmen nur noch eine Nebenrolle spielte, wenn man seinem Interviewpartner einmal gegenübersaß. Wenn das Vertrauen da war, dann wurde einfach überzogen. So war es beim Dalai Lama und so würde es hoffentlich auch bei diesem *monstre sacré*, diesem »heiligen Monster«, wie die Franzosen ihre Lieblingsschauspieler gerne nannten, sein.

Als sie am Freitagmorgen die Westbahn bestieg, war sie wieder da. Ihre unbändige Lust aufzubrechen, an einen anderen Ort zu reisen, die gewohnte Umgebung hinter sich zu lassen. Die Vorstellung, dass Depardieu sie um 13 Uhr in dem Gewölbe eines Flugzeugmuseums empfangen würde, erfüllte Isabella mit Dankbarkeit und Freude. In den nächsten zwei Stunden notierte sie für sich folgende Stichworte: Kindheit und Karriere, Genuss und Gewicht, Frankreich und Frechheit. Alles Alliterationen, dachte Isabella und lächelte. Ob sie den Tod seines Sohnes ansprechen würde, wollte sie spontan entscheiden.

An den Zugfenstern zogen Wälder und Wiesen und Wohnblöcke vorbei. Ein wenig erinnerte Isabella dieses – zumindest scheinbare – Idyll an die amerikanischen *fly over countries*, jene Bundesstaaten inmitten der USA, die auf den Flugrouten zwischen den großen Küstenstädten Los Angeles und New York überflogen wurden. Trump hatte nach Isabellas Meinung nicht zuletzt deshalb gewonnen, weil er die Wut der Bewohner der *fly over countries* auf das sogenannte Establishment in den Küstenstädten erkannt hatte. Wie viel Wut gab es entlang der Weststrecke, in den kleinen Orten zwischen St. Pölten, Linz, Wels oder Attnang-Puchheim? Gab es überhaupt Wut? Oder waren alle glücklich und zufrieden, sofern sich das überhaupt sagen ließ, sobald mehr als zwei Menschen an einem Ort zusammenlebten? Der Schilfgürtel des dunkelgrauen Wallersees tauchte aus dem Nebel auf. Isabella nahm ihre AirPods. Brian Ferry hatte zwar auch keine Antwort auf diese Fragen, aber wenigstens eine fantastische Stimme.

Am Salzburger Bahnhof erwartete sie der Fotograf in seinem SUV. »Klimasünder!«, begrüßte sie ihn neckisch. Er war auch nicht auf den Mund gefallen. »Was belastet die Erde weniger? Acht Kinder oder acht Zylinder?«

Nach zehn Minuten erreichten sie den Hangar 7. Von außen sah die architektonische Konstruktion aus wie ein riesiger Flügel mit einem Skelett aus Stahl und gläserner Haut. Innen eröffnete sich eine Flugzeug-Garage der Sonderklasse.

In einem der beiden futuristischen Türme empfing Depardieus Manager die Gäste, unter anderem Isabella Mahler und ihren Fotografen. »Dix minutes«, erinnerte er mit strenger Miene an ihre Abmachung. *Le Maître* erwartete sie an einer Bar. Er schenkte eisgekühlten *Chateau de Tigné* aus seinen Weinbergen in zwei Gläser und prostete Isabella auf Englisch zu. »Cheers!«

Depardieu zählte offenbar nicht zu jener Sorte Franzosen, die jede andere Sprache missbilligten. Isabella war erleichtert. Ihr Französisch war äußerst mangelhaft und hätte nicht einmal für Smalltalk gereicht. Das hatte sie in ihrer Anfrage bereits betont. Das sei überhaupt kein Problem, wurde ihr versichert, Englisch genüge vollkommen. »Hauptsache, Sie stoßen mit ihm an!«, ergänzte Isabella in Gedanken und schenkte Depardieu ein Lächeln. Einen besseren Start hätte sie sich nicht wünschen können. Und jetzt schnell die knappe Zeit erwähnen, dachte sie und übernahm die Führung.

»Wir müssen uns beeilen, das Interview ist auf zehn Minuten angesetzt!«

Ihr Einstieg kam gut an.

»Dann sprechen Sie eben ein bisschen schneller«, grinste Gérard und futterte Salzmandeln. Sie hatte eine schlechte Karte soeben in einen Trumpf verwandelt.

Wie ein Gespräch begann, so setzte es sich auch fort. Das Momentum war entscheidend. Ein Zehn-Minuten-Interview war mit einem Hundertmeterlauf vergleichbar. Gelang der Start, gelang der Lauf. In dieser launigen Atmosphäre war es auch möglich, etwas anzusprechen, das offensichtlich war und dennoch meist unerwähnt blieb wie das weiße Hemd, das sich über Depardieus Bauch spannte. Isabella suchte den Blick ihres Gegenübers und stellte die Frage, die, das wusste sie, viele ihrer Leserinnen und Leser interessieren würde.

»Kämpfen Sie eigentlich noch immer mit den Kilos?«

Das Wörtchen »eigentlich« nahm Fragen oft die Spitze, machte sie um ein Quäntchen verträglicher. »Dafür bin ich zu alt«, erklärte Depardieu und saugte an seiner blauen Gitanes. Die bereits leicht mitgenommene Packung lag vor ihm auf dem Tisch und enthielt nur noch wenige Zigaretten. »Mit 73 gewinnt das Fett klar gegen die Muskeln, ich werde einfach immer mehr und mehr... Mir ist es egal. Irgendwann, wenn mein Ende gekommen ist, werde ich wahrscheinlich explodieren. Aber ich muss auch nicht mehr so schön sein, wie ich einmal war – wenn ich es denn war.« Er hustete und lachte.

Waren Sie's?

Insgeheim freute sich Isabella über das Bild der Explosion. Dieses Zitat würde sie auf jeden Fall aus dem Interview herausheben.

»Es ist doch so«, überlegte Depardieu, »sexy ist man, weil man jung ist. Im Alter kommen andere Leidenschaften zum Tragen. Genuss, Wein, gutes Essen.«

Damit waren sie bei seinem Lieblingsthema angekommen. Isabella erzählte dem Koch und Winzer Depardieu, dass sie in Porto »seine« Schweinskutteln gegessen habe. Sie unterhielten sich darüber, dass Kutteln auf vielerlei Arten gewaschen und zubereitet werden konnten. Er erzählte ihr von seinen vier Restaurants in Paris, dass er die Bauern kenne, die die Kühe und Schweine aufziehen, die sie verarbeiten, dass er von jedem Gemüse wisse, wie und wo es gewachsen sei. Dass die Schauspielerei nicht mehr so wesentlich sei, nur noch ein kleines Stück des Kuchens, der sein Leben ausmache. Eine Rosine vielleicht. Wieder so ein schönes Bild, dachte Isabella. Depardieu gestand ihr, dass er Arbeit hasse, dass er Gott sei Dank kein Geld mehr verdienen müsse, dass ihm die irren Akteure seines Berufsstandes auf die Nerven gingen. Regisseure, die sich einbildeten, so wahnsinnig genial zu sein. Schauspieler, die von Angst zerfressen seien. Er nannte keine Namen.

Ihre Unterhaltung hatte nun etwas sehr Vertrauensvolles angenommen. Fühlte sich gar nicht mehr wie ein Interview an. Es gab viel Verbindendes zwischen ihnen, die Freude an bildlicher Sprache, die Liebe zum Essen, und auch den Alkohol. Diese Atmosphäre machte auch die heikelste aller Fragen möglich.

»Monsieur Depardieu…«

Isabella formulierte so vorsichtig, wie es ihr möglich war.

»… denken Sie noch oft an Ihren 2009 verstorbenen Sohn?«

Nun entstand eine Pause. Damit hatte sie gerechnet. Das musste sie jetzt aushalten. Hoffentlich hielt auch ihr Fotograf jetzt still. Die paar Sekunden erschienen ihr wie eine Ewigkeit. Sie war dankbar und erleichtert, als Depardieu zu sprechen begann.

»Ich habe mit ansehen müssen, wie er gelitten hat. Für mich ist Guillaume nicht tot. Ich denke jeden Tag an ihn. Ich sehe, höre, spüre, rieche, atme Guillaume. Er lebt in mir weiter.«

Es war das perfekte Schlusswort. Einen Moment schwiegen sie noch miteinander, es war ein fast intimer Moment. Dann platzte auch schon der Manager zur Tür herein und deutete Depardieu, dass bereits der nächste Gast warte. Isabella gab er zu verstehen, dass sie das Kontingent um vier Minuten überzogen habe. »Quatre!«

Es blieb keine Zeit mehr, sich zu verabschieden. Als Isabella einen Blick zurückwarf, sah sie den einstigen Star des französischen Kinos leise fluchend vor dem vollen Aschenbecher sitzen, vor sich zwei leere Flaschen *Chateau de Tigné* und eine Premiere, die ihm nichts mehr bedeutete.

17

»Exklusiv: Das große Sonntagsinterview mit Gérard Depardieu«. Laut las Isabella die Headline am Cover der Tageszeitung und klopfte sich dabei auf die Schulter. »Gut gemacht!«, murmelte sie sich selbst zu und warf einen Blick auf den Teaser. »Gérard Depardieu über Salzburg, die Schauspielerei, Leidenschaften im Alter und seinen verstorbenen Sohn.« Sie warf ein Stück Würfelzucker in die Luft und fing es wie in einer Slapstick-Komödie mit ihrer Kaffeetasse auf.

Neben der Schlagzeile war ein Foto zu sehen, auf dem der französische Schauspieler und Winzer der Journalistin Isabella Mahler zuprostete. Beide hielten ein Glas mit Weißwein in der Hand und lachten einander freundlich an. Isabella schien es, als hätte die Frau auf dem Bild mit ihrer Person nichts zu tun, als handle es sich um die Leistung einer guten Freundin, der sie freudig applaudierte.

Die Leserinnen und Leser würden sich jedenfalls wieder furchtbar aufregen. Wie kann man Alkohol, der so viele Existenzen vernichtet, dermaßen verherrlichen? Wo bleibt die Verantwortung der Medien für Suchtprävention?

Damit würde sie sich am Montag auseinandersetzen müssen, auch das gehörte zu ihrem Beruf. Egal, wie groß die journalistische Leistung war, es gab immer Leute, die ein Haar in der Suppe fanden. Meistens Männer, was Isabella darauf zurückführte, dass sie eine Frau war.

Am Vorabend hatte sie mit Prinz den Film *Der Rausch* gesehen. Nun ließ sie den Kinoabend noch einmal Revue passieren. Zwei Stunden nebeneinander im Dunkeln zu sitzen, Popcorn aus einer gemeinsamen Riesentüte zu essen, sich in dieselbe Geschichte zu vertiefen, das hatte etwas Intimes gehabt. Dazu das Thema des Films, eine Art gemeinsamer Nenner ihrer Verbindung. Sie waren beide dem Alkohol nicht abgeneigt, wenn auch aus unterschiedlichen Gründen. Für Prinz war Alkohol ein Vehikel, um Grenzen auszuloten und zu überschreiten. Für Isabella war er ein Instrument, mit dem sie sich seit ihrer Jugend bewies, dass Alkohol sie weder abstinent noch süchtig gemacht hatte. Sie war die Siegerin in diesem gefährlichen Spiel geblieben – zumindest bis jetzt.

Das Experiment der vier Männer im Film machte deutlich, was für ein unberechenbarer Gegner der Alkohol war. Manche bringt er um, andere täuscht er so perfide, dass sie zu Höchstleistungen fähig sind. Das Ende war immer unvorhersehbar.

»Guten Morgen!« Eine WhatsApp-Nachricht von Roxanne blinkte auf. »Ich bin unglaublich verkatert heute, haha!«

»Wovon?«, tippte Isabella in ihr Handy.

»Sprudel. Ich und er je eineinhalb Flaschen.«

»War's ein prickelnder Er?«

»Tinder-Mann. Perser. Macht irgendwas mit Immobilien. Ich bin komplett zusammengeklappt, so kenne ich mich gar nicht. Im Taxi nach Hause hatte ich plötzlich einen Akzent.« Lach-Smiley.

»Später ein Gin Tonic in der Urania?« Apropos Alkohol, dachte Isabella.

Roxannes Daumen-hoch-Emoji kam in einer halben Sekunde.

Isabella blickte auf die Uhr. Es war 15 Minuten nach zehn. Sie schlüpfte in ihr Laufdress und checkte noch schnell die Mails. Ihr Blick blieb an einer magischen Zahlenkombination hängen. Das konnte nicht wahr sein. Ihr Herz raste.

Da war eine Nachricht von Christoph Regner in ihrem Posteingang. Losgeschickt am 10. Oktober um 10.10 Uhr. Panisch rannte sie los, hinaus auf die Straße, an den Graffitis der Unterführung vorbei, hinunter zum Donaukanal, der Richtung des fließenden Wassers folgend zur Fußgängerbrücke, die hinüber zum Prater führte. Isabella lief schneller als sonst, verschiedenste Gedanken schossen ihr durch den Kopf wie Pfeile, immer wieder wollte sie innehalten und das Mail öffnen, rannte aber weiter, weil sie sich nicht traute, es zu lesen, bis sie schließlich vollkommen außer Atem war.

Vielleicht wollte Regner sie wiedersehen, vielleicht war ihm bewusst geworden, wie viel sie ihm bedeutet hatte. Isabella spürte, wie sehr sie seine Abweisung als Mensch und Frau verletzt hatte. Und sie spürte gleichzeitig, wie weit sie sich von ihm entfernt hatte.

Das letzte Stück ging Isabella zu Fuß. Sie fühlte, wie ihr Puls sich langsam beruhigte. Als sie zu Hause ankam, stand Marcelo am Herd und bereitete *Arepas* zu. »Auch eines für dich?«, fragte er und fischte die Maisküchlein aus dem heißen Öl.

Isabella schüttelte den Kopf, lief wortlos ins Bad, setzte sich auf den Wannenrand, nahm ihren ganzen Mut zusammen und klickte Regners Mail an.

Von: Christoph Regner
An: Isabella Mahler
Sonntag, 10. Oktober, 10:10 Uhr

Liebe Isabella,
verzeih, dass ich mich so lange Zeit nicht mehr gemeldet habe. Mir waren die Hände gebunden.
Du kannst dich bestimmt noch an das Gedicht erinnern, das du im April vor einem Jahr für mich geschrieben hast. Das brennende Herz. Meine Frau hat es auf meinem Handy gefunden.

Nie
mehr gelebt
mehr geliebt
Tage
Stunden
Sekunden
gezählt
aufeinander

Das Licht
leuchtet
erleuchtet
Träume
Fragen
warten
erwarten
die Zeit
bleibt stehn

Einander
wiedersehn
tanzen
schweben
schlafen
miteinander
sein…

Sie war wütend und verletzt. Diese Nähe war für sie inakzeptabel. Mein Verhalten hat sie als Betrug gewertet. Das Schweigen, unser Pingpong. Sie ist ausgezogen und hat auf einer Trennung bestanden.
Das war so was von entsetzlich für mich. Ich liebe meine Frau. Verstoßen zu werden, dieser Gedanke war und ist unaushaltbar für mich. Erst nach drei Wochen hat sich Paulina bereit erklärt, unserer Ehe noch eine Chance zu geben. Langsam findet sie wieder Vertrauen zu mir. Klar war, sollte ich unsere Begegnung wieder aufnehmen, beendet meine Frau sofort die Beziehung.
Deshalb ist schon diese eine Nachricht eine Nachricht zu viel.
Gleichzeitig habe ich sehr oft an dich gedacht. An den behutsamen Beginn unserer Begegnung, an das brutale Ende.
Ich möchte wissen, wie es dir geht, was du fühlst und denkst. Gleichzeitig bin ich ganz weit weg.
Seit September arbeite ich für eine Flüchtlingsorganisation in Berlin. Wir wohnen jetzt in Brandenburg.

Es tut mir so leid.
Unsere Begegnung war einmalig.
So viel Nähe ...
So viel Wertschätzung ...

Christoph

PS: Magst du immer noch schöne Zahlen?

18

Brandenburg also, dachte Isabella, als sie sich auf den Weg zur Sternwarte bei den Wiener Ringstraßen machte. Immer wieder platzten stachelige Kastanienfrüchte auf dem Asphalt auf, die Luft war kühler geworden, die Blätter der Bäume leuchteten gelb, rot und braun. Sie hörte Konstantin Wecker – *Wenn der Sommer nicht mehr weit ist…* – obwohl der Herbst gekommen war, und schoss mit ihren Sneakers Kastanien aus dem Weg.

Brandenburg, Zufluchtsort der Berliner Intellektuellen. Die bekannte Schriftstellerin Julie Zeh lebte dort, wie auch der Mann des kulturellen Sonntagabends im deutschen Fernsehen, Dieter Moor, neuerdings nannte er sich Max Moor. Gut möglich, dass Regner in Brandenburg einen Bauernhof nach Demeter-Kriterien bewohnte, überlegte Isabella, vielleicht züchtete seine Frau ja Perlhühner und pflanzte ökologische Tomaten und Zucchini an.

Es kam ihr wie eine Ewigkeit vor, seit sie mit Regner Pingpong gespielt hatte. Seit unzählige Mails wie Tischtennisbälle zwischen ihnen hin- und hergehüpft waren. Manchmal in atemberaubendem Tempo, manchmal mit wohltuenden Pausen, in denen die zarten Texte nachklangen. Bis sie eines Tages verstummten. Und der Mensch, dem sie sich so nahe gefühlt hatte, immer mehr verblasste, so lange, bis nichts mehr von ihm übrig blieb.

Manchmal hatte sich Isabella schon dabei ertappt, Rachegefühle zu entwickeln. Das Buch des renommierten Psychiaters und Suchtexperten Reinhard Haller über diese unerforschte Gefühlsdimension hatte sie an einem Abend verschlungen. Schon eine kleine Zurückweisung konnte den Rachetrieb wecken. Diese übergroße Sehnsucht nach Genugtuung und Gerechtigkeit nahm dann den ganzen Menschen ein.

Ihre Art der Rache war klar. Sie wollte das, was er getan hatte, auch tun. Einfach nicht mehr schreiben. Ihn im Unklaren lassen, so wie er sie im Unklaren gelassen hatte. Allein mit der Frage, ob es vielleicht gar nicht Liebe, sondern Verliebtheit gewesen war. Ob sie seine Zuwendung missverstanden hatte. Ob sie einer Täuschung, auch ihrer eigenen Gefühle, erlegen war. Das konnte sie nun, nach eineinhalb Jahren: Auch ihn zurücklassen.

Isabella hatte Regners Mail immer und immer wieder gelesen – sein Vorname Christoph kam ihr nicht einmal mehr in Gedanken über die Lippen. Sie hatte die Traurigkeit gespürt, die aus seinen Worten drang, das Bedauern über sein Scheitern. Eine tiefe Sehnsucht, die er sich aber nicht zu leben traute. Er wollte also wissen, was sie dachte und fühlte. Gut so, denn er würde es nie erfahren.

Isabella überlegte, was die ehrliche Antwort wäre. Sie müsste ihm schreiben, wie enttäuscht sie war von seiner Ängstlichkeit, wie fassungslos sie seine Schwäche gemacht hatte. Aber auch, wie sehr er sich selbst herabwürdigte mit dem Satz, dass schon dieses eine Mail ein Mail zu viel sei. Zu viel für seine Frau, die ihm offenbar gedroht hatte. Ihm waren die Hände gebunden. Was für eine Art von Liebe war das?

Auf dem Weg zum Café der Sternwarte Urania hörte sie *One Republic* in der höchsten Lautstärke.

It's too late to apologize, it's too late.

Sie sah Roxanne schon von weitem. Sie trug ein rotes Wickelkleid, High Heels und flirtete heftig mit zwei Slimfit-Männern vom Nebentisch.

Isabella platzte in die Szene. »Hi Beauty!«

Roxanne umarmte sie.

»Deine Mutter?«, fragte einer der Typen.

»Isabella Mahler«, erklärte Roxanne mit feierlicher Stimme, »eine Legende.« Dann entzog sie den beiden ihre Aufmerksamkeit.

»Ich habe uns schon mal zwei Gin Tonic bestellt. Natürlich Tanqueray N° Ten und Tonic Water Fever Tree.« Sie zückte ihr iPhone, scannte den QR-Code des Gins und zeigte Isabella ein Video über Herstellung, Rang und Preis des Getränks.

»Stell dir vor, was passiert ist!« Obwohl Isabella von dem perfekten Mix und den herbeigezauberten Informationen begeistert war, musste sie gleich loswerden, was passiert war. »Regner hat sich gemeldet! Nach achtzehn Monaten. Rate, was er schreibt.«

Roxanne musste nicht lange überlegen. »Es tut ihm so leid, und er würde ja gern wieder Kontakt aufnehmen, aber leider hat er zu viel Angst.«

»So in etwa«, lachte Isabella. Dann wurde ihr Blick ernst. »Eigentlich genau so. Das Mail enthält keine klare Botschaft. Außer dass er sich zu nichts durchringen kann.«

»Wirst du ihm antworten?«, fragte Roxanne.

»Nein«, sagte Isabella mit fester Stimme. Den Entschluss hatte sie schon vor langer Zeit gefasst. »Der Zauber ist weg, es bedeutet mir nichts mehr. Die ausgedruckten Mails werde ich demnächst vielleicht sogar schreddern.«

Die drei Pakete lagen noch immer mit Maschen zusammengebunden bei ihr zu Hause.

Roxanne fand, Verbrennen sei besser. »Feuer hat etwas Reinigendes. Du könntest es mit einem Schamanen zelebrieren. Oder aber du lässt sie binden und schickst den Wälzer seiner Frau. Oder zumindest sein neuerliches Mail an dich. Das wäre meine Reaktion, aber ich bin ja eine crazy bitch.«

Dick würde das Buch schon werden, überlegte Isabella, bei so vielen Mails. Aber seiner Frau schicken? So weit gingen ihre Rachegelüste dann doch nicht.

»Hattest du schon einmal das Bedürfnis, dich an einem Mann zu rächen?«

»Oh ja«, lachte Roxanne. »Ich hatte einmal einen Typen, der mir dauernd erzählt hat, dass er nicht von seiner Ex-Freundin loskommt. So nervig! Er konnte sich einfach nicht festlegen.«

»Und was hast du gemacht?«

»Seinen Chat archiviert, ihn stummgeschaltet, auf Insta, Facebook und Twitter geblockt und dann zwei Wochen lang ignoriert. Auch wenn er angerufen hat. Das macht die meisten Männer wahnsinnig. Und dann hab ich etwas mit seinem besten Freund angefangen. Das saß. Apropos bester Freund: Tut sich eigentlich was mit Prinz?«

»Wie meinst du?«, fragte Isabella.

»Na im Bett natürlich«, rief Roxanne. »Ich denke, er ist ein fantastischer Liebhaber.«

Isabella bestellte noch zwei Gin Tonic.

»Warum glaubst du das?«

»Wirklich wissen kann man es natürlich nie. Aber ein gutes Indiz ist, wie aufmerksam und zuvorkommend ein

Mann ist. Prinz ist so ein Mann. Es fällt ihm auf, was du trägst und wie du gerade drauf bist. Er geht auf dich ein. Er will, dass du dich wohlfühlst. Männer, die das wollen, wollen das auch beim Sex. Und dann gibt es Typen, denen es einfach egal ist. Wenn du denen im Bett sagst, etwas tut weh, dann heißt's: Manchmal muss Liebe eben wehtun.«

Dafür liebte Isabella ihre junge crazy Freundin. Sie konnte ganz unbeschwert über Sex reden. Isabella hatte das nie gelernt. Durch die Gespräche mit Roxanne hatte sie eine Leichtigkeit entwickelt, die sich gut anfühlte. Vielleicht hatte Roxanne recht mit ihrer Prinz-Beobachtung.

»Prinz hat mir mal gesagt, dass er keinen Sex will, weil es erstens alles komplizierter und zweitens süchtig macht.«

»Ach!« Roxanne machte eine abweisende Handbewegung. »Das heißt gar nichts. Aber was ist mit dir? Hättest du gern Sex?«

»Mit Prinz oder überhaupt?«, fragte Isabella und musste über sich selbst lachen.

»Egal«, fand Roxanne. »Klink dich wieder ein.«

Darüber wollte Isabella nachdenken.

Als sie an diesem Sonntagabend nach Hause kam, schrieb sie Prinz noch eine Nachricht.

»Habe jetzt, was ich immer wollte.«

Seine Antwort kam prompt.

»Nachricht aus dem Fegefeuer?« Dazu ein Coolest-Cat-Emoji.

»Genau«, tippte sie ins Smartphone.

»Das Gefühl, ihn zappeln zu lassen, kannst du jetzt ewig genießen«, schrieb er zurück.

Sie schickte ein Smiley retour.

Dann schenkte sie sich noch einen Gin Tonic ein und bestellte Literatur zum Thema Sex. *Sei du mir das Messer* von David Grossman. *Betty Blue* von Philippe Djian, Doris Anselms *Hautfreundin* und *Gefährliche Geliebte* von Haruki Murakami. Um 23.23 Uhr drückte sie auf »Bezahlen«. Sie war dabei, sich einzuklinken. Und ja, sie liebte noch immer schöne Zahlen.

19

In der Straßenbahnlinie 1 betrachtete Isabella am nächsten Morgen nur die Männer. Sie hatte diese Unterscheidung lange nicht mehr gemacht, sondern immer alle Menschen studiert. Frauen, Männer, Kinder. Wie sie miteinander sprachen oder schwiegen. Ihre Hände und Gesichter. Ihre Stimmen und Bewegungen. Ihre Taschen und Mäntel. Ihre Hunde, die den Menschen oft verblüffend ähnlich sahen.

Nun sonderte sie die Männer aus der Menge ab und warf einen speziellen Blick auf sie. Dabei ertappte sich Isabella bei der Frage, ob sie sich mit einem von ihnen gerne unterhalten würde, ein Pils trinken vielleicht oder sogar ein bisschen mehr. Was ist mit dir los, dachte sie bei sich und lachte. Kein Einziger weckte ihr Interesse.

Am Schwedenplatz trat sie auf die Rolltreppe, die zur U-Bahn in die Tiefe führte. Ihre Playlist spielte *A Whiter Shade of Pale* von *Procol Harum. She said, there is no reason and the truth is plain to see...* Auf der Fahrt zur Endstation, wo das *Media Quarter* lag, dasselbe Spiel. Diesmal galt der Blick ihr selbst. Wie wirkte sie auf Männer? Fiel sie auf mit ihrem giftgrünen Mantel, den dunkelblauen Jeans und den cognacfarbenen Stiefeln? Sah sie aus wie 58 oder jünger? Ein Anzugtyp mit schwarzem Rucksack erwiderte ihren Blick. Beim Aussteigen schenkte ihm Isabella ein Lächeln.

»Du siehst fantastisch aus«, stellte Daisy fest, als sie im zweiten Stock des Gebäudes angekommen war, »du warst beim Friseur, richtig?« »Nein«, erwiderte Isabella, »hab mir nur die Haare etwas anders gemacht.« Allerdings hatte sie sich beim Styling besondere Mühe gegeben. Nach der Haarwäsche mit dem *Highlight Refresh & Shine Shampoo* für blondes Haar von *John Frieda* hatte sie *Olaplex N°6* in die Spitzen massiert, Strähne um Strähne über eine kleine Rundbürste geföhnt und noch für 15 Minuten festgeclippt. Danach zupfte sie die Locken in Form. Ihre Sonnenbrille, die denselben Farbton wie die Handtasche hatte, diente als Haarreif und hielt die goldblonde Mähne im Zaum.

Ein Thema für ihre Kolumne zu finden fiel ihr heute nicht schwer.

Der Korrespondent der *Financial Times* hatte eine lustige Geschichte über die Sturm-Zeit in Wien geschrieben, spannte darin einen Bogen zu der stürmischen Innenpolitik und schloss mit einem Zitat des legendären Schauspielers, Schriftstellers und Kabarettisten Helmut Qualtinger: »Österreich ist ein Labyrinth, in dem sich jeder auskennt.« Darauf wollte sie in ihrer Kolumne Bezug nehmen und den Bogen zur stürmischen Parlamentssitzung spannen, die sie live im Fernsehen verfolgte.

Vor dem Spiegel hatte sie in der Früh den Entschluss gefasst, Doris Grablowitz eine Nachricht zu schreiben. Die Schönheitsexpertin schrieb auch für ihre Zeitung, sie waren also genau gesagt Kolleginnen. Mit ihr wollte Isabella Möglichkeiten ausloten, wie sie noch besser aussehen könnte, ihr Doppelkinn, die Fältchen rund um die Lippen, im Gesicht und auch anderswo betreffend. Sollte sie sich tatsächlich irgendwann wieder einmal irgendeinem Mann nackt zeigen, wollte sie auf Nummer sicher gehen. Oder war das Aussehen in einem solchen Moment vielleicht das Unwichtigste auf der Welt? Schlüssig vermochte sie das nicht zu beurteilen. Es war einfach viel zu lange her.

»Liebe Doris«, tippte sie in ihr Handy, »hast du demnächst einmal kurz Zeit? Ich hätte da ein paar Fragen. Alles Liebe, Isabella.«

An den zwei blauen Häkchen konnte Isabella erkennen, dass ihre Nachricht bereits abgerufen worden war. Isabella seufzte. Sie war sich immer sicher gewesen, dass sie niemals den Rat und die Dienste einer Schönheitsärztin in Anspruch nehmen würde.

Das Gespräch mit Roxanne hatte etwas in ihr ausgelöst. Sie hatte begonnen, sich innerlich zu öffnen, und das verunsicherte sie gleichzeitig. Von Doris erhoffte sie sich eine objektive Bewertung ihres Körpers. Sie musste an Niki Lauda denken, der ihr vom Anblick erzählt hatte, als er nach dem Feuerunfall auf dem Nürburgring den Kopfverband abgenommen und in den Spiegel geschaut hatte. Um zu überprüfen, ob sein Gesicht, objektiv betrachtet, wirklich so verunstaltet war, ging Lauda damals zu seinem Nachbarn hinüber, einem Salzburger Bauern aus dem Flachgau mit Virginia im Mundwinkel. »Wenn's den reißt«, so sagte er sich, »dann schaut's wirklich schlimm aus.«

Wenn also die Ärztin, die schon viel Unschönes in ihrem Leben gesehen hatte, fand, Isabella sei bei ihr am richtigen Platz, dann waren ihre Zweifel wohl berechtigt.

In diesem Moment sah sie, dass Doris gerade zurückschrieb. »Aber klar doch, liebe Isabella! Bin heute länger in der Ordi. Warum schaust du nicht einfach vorbei? Bussi Doris.«

Das medizinisch-ästhetische Zentrum von Dr. Doris Grablowitz und ihres Mannes, Dr. Viktor Grablowitz, lag auf der dritten Etage eines 1872 auf dem Gelände des ehemaligen kaiserlichen Zeughauses errichteten Gebäudes vis-à-vis der Musical-Spielstätte Ronacher. Isabellas Magen knurrte, als sie beim Schwarzenbergplatz aus der Straßenbahn stieg, und da sie keinen fixen Termin hatte, machte sie noch kurz halt im kleinen Suppenlokal an der Ecke. Sie bestellte das Tagesgericht, ein Linsencurry. Das würde sie nicht nur satt machen, sondern auch aufwärmen. Ihr war meistens kalt. Dazu trank sie einen Tee mit frischen Ingwerscheiben und Honig.

Beim Betreten des Gründerzeithauses überkamen sie ernsthafte Zweifel. Wohin würde das führen? Vor ihrem inneren Auge tauchten die entstellten Gesichter gewisser Damen der Wiener Gesellschaft auf. Es musste einen Punkt geben, an dem die Betroffenen nicht mehr realisierten, was sie anrichteten, an dem sie bereit waren, jedes Risiko einzugehen für eine glattere, jüngere Haut. Das Schlimmste war: Sie hatten offenbar kein Korrektiv, wie es der Salzburger Bauer für Niki Lauda war. Sie verliebten sich in ein grauenvoll verzerrtes Bildnis ihrer selbst.

Die Empfangsdame der Ordination begrüßte Isabella Mahler und legte im Computer ein Profil an. Auf einem gemalten zwei mal zwei Meter großen Porträt überblickte Doris mit ihrem sanftmütigen Blick und den feinen Fältchen um die warmen Augen das Geschehen. Sie lächelte wie die Schauspielerin Dianne West in jener Szene, in der die Schwester des Pferdeflüsterers kommen sieht, was sich zwischen Kristin Scott Thomas und Robert Redford anbahnt. Isabella liebte diesen Film, in dem Redford einer blutjungen Scarlett Johansson scheinbar schlafend das Autofahren beibrachte und letztlich das Leben auf der Ranch wählte, um das Leben zweier Menschen nicht komplizierter zu machen, als es ohnehin schon war.

»Hallo, meine Liebe!« Nun kam Doris Isabella entgegen. Gemeinsam schritten sie durch die erlesen eingerichteten Räume, an Bars, Bücherregalen mit Bildbänden und kuscheligen Sofas mit Felldecken vorbei. Die farbenprächtigen Bilder der Kärntner Künstlerin Marlies Wagner versprühten Energie und Lebensfreude. Erst wenn man sich in den Details verlor, wurde die Schwermut sichtbar, die die Figuren – tanzende Pferde, räkelnde Göttinnen, geisterhafte Engel – in sich trugen. »Ich habe einmal versucht, ein Bild von ihr umzumalen«, gestand Doris, »ich wollte dem traurigen Gesicht einer wunderschönen Frau lachende Mundwinkel aufmalen. Aber das hat nicht funktioniert. Diese Traurigkeit sitzt ganz tief.« Sie seufzte. »Nimm doch Platz.«

Isabella sank in die mit weißem Leder bezogene Kosmetikliege. Der wohlwollende Blick der Dermatologin ruhte auf ihr.

Isabella räusperte sich. »Ich hab im letzten Jahr zwölf Kilo abgenommen«, holte sie aus und klopfte sich auf Bauch und Oberschenkel. »Alles ist schlaff«, deutete sie nach hinten, »sogar das Gesicht. Schlaff und rau. Hier über der Lippe zum Beispiel ist diese Falte, in die immer der rote Lippenstift rinnt.« Isabella zog einen imaginären Strich mit ihrem Zeigefinger. Dann fuhr sie fort. »Ich will nichts machen lassen. Ich will nur wissen, ob es vielleicht spezielle Straffungscremes gibt, die das noch schaffen.« Sie fühlte sich gerade entsetzlich.

»Magst du mir das mal zeigen?«, fragte Doris. »Ich würde dann ein paar Fotos machen. Weil meine Patientinnen können sich sonst gar nicht vorstellen, wie sie einmal ausgesehen haben.«

Isabella nickte und schlüpfte aus ihren Jeans. Dann knöpfte sie ihre weiße Bluse auf und öffnete ihren Büstenhalter.

»Also erst mal siehst du fantastisch aus«, hauchte Doris und strahlte wie Dianne West. »Die Farbe deiner Haare ist top, die Länge genau richtig. Dein Gesicht verträgt mehr Pflege, das polstert die Fältchen auf und sie sind nicht mehr so sichtbar.« Sie knipste Isabella von vorn, von unten und von beiden Seiten.

»Aber mein Doppelkinn.« Isabella strich über das Kinn und den Hals.

»Es gibt natürlich unendlich viele Therapien«, holte Doris nun aus. »Wir könnten das Gesicht mit Fäden raufziehen. Aber weißt du, es ist mühselig, es kostet Geld, und gerade beim Hals ist es schwierig. Wenn man zu viel Fett drinnen hat, dann gibt's die Fettwegspritze. Aber das ist bei dir nicht der Fall. Auch Botox hilft da nicht wirklich. Also die beste Methode wäre ein sogenanntes Mini-Lift. Kostet 6500, plus 550 für den Dämmerschlaf plus zwanzig Prozent Mehrwertsteuer.«

Isabella wollte sich das gar nicht im Detail vorstellen.

Aber Doris fuhr fort: »Der Schnitt kommt vor und hinter das Ohr, an jene Stellen, wo man ohnedies so Falten hat, und runter entlang dem Halsansatz. Die wirklich guten Operateure, und da bin ich auf meinen Viktor wirklich stolz, er hat sein Handwerk in Deutschland bei Parviz Ansari, gelernt, machen das dreidimensional. Die brauchen gar keinen Schnitt unter dem Kinn. Das schaut nämlich grässlich aus. Wenn du den Kopf hebst, sieht jeder, was da passiert ist. Ich glaube, mein Viktor ist einer der wenigen, der so eine profunde Ausbildung hat.« Sie lachte.

»Ja, also das ist in eineinhalb Stunden erledigt. Du kriegst nur eine lokale Anästhesie, dann die betreffenden Schnitte, einen Kopfverband für fünf Tage, in der Zeit ziehst du dich zurück, Schmerzen hast du keine, weil du in den ersten zwei Tagen Schmerztabletten bekommst. Nach sieben Tagen kommen die Fäden raus. Da kannst du schon wieder in die Redaktion gehen, oder in den nächsten Lockdown. Keiner wird was bemerken, man schaut einfach nur frischer und besser aus.«

Isabella schauderte. »Und hinten?«, fragte sie und drehte sich um.

»Du hast so einen hübschen Po!«, rief Doris jetzt begeistert. »Ich finde, du solltest Tangas tragen!« Ein chirurgischer Eingriff an dieser Stelle, erklärte sie, wäre viel zu aufwändig und das Resultat nicht optimal. »Aber du brauchst das auch gar nicht!« Sie gab Isabella gerade das Gefühl, eine wirklich begehrenswerte Frau zu sein. Tangas hatte sie zuletzt mit 27 getragen.

»Schau«, nahm Doris die Sache nun in die Hand, »du kannst dir das mit dem Mini-Lift ja überlegen. Es gibt dann noch den fokussierten, sehr starken Ultraschall und die Radiowelle. Auf jeden Fall schreibe ich dir Helichrysum auf, das ist das teuerste und beste ätherische Öl und wird aus der Strohblume gewonnen. Bekannte, sehr gute Firmen verkaufen drei Milliliter dieses Öls um 184 Euro. Damit schmierst du ab jetzt deinen hübschen Po ein. In drei Wochen werden wir schon eine Straffung erkennen können. Fürs Gesicht schreibe ich dir ein Rezept für die Vitamin-C-Creme mit Glycolsäure morgens und für Helichrysum oder Immortelle, wie es auch heißt, vor dem Schlafengehen. Die können wir mit der Zeit noch potenzieren. Wir beginnen mit fünf Prozent, nach einem halben Jahr steigern wir dann auf acht Prozent, nach zwei, drei Jahren auf zehn Prozent. Ich habe Patientinnen, die verwenden diese Cremes schon seit zwanzig Jahren, die sind dann bei zwanzig bis 23 Prozent und sehen toll aus! Und bei den Lippen machen wir nicht lange herum. Das sind ja nur Ziehharmonikafältchen. Da spritzen wir jetzt einfach ein bisserl Botox rein. Aber überleg es dir noch gut. Du bekommst draußen ein Glas Wasser.« Es musste sich um eine gesetzliche Vorschrift handeln, dachte Isabella.

Nach ein paar Minuten rief Doris sie wieder zu sich. Sie hatte schon die hauchdünne Nadel mit dem Nervengift griffbereit. »Jetzt kommt ein kleiner Piks«, rief sie, noch bevor Isabella protestieren konnte, und stach gleich an vier Stellen zu. »Willkommen im Club!« In einer Woche, kündigte sie an, spritze sie da noch ein bisschen Hyaluron hinein.

Isabella fühlte sich, als hätte sie gerade ihre Unschuld verloren. Sie überlegte, ob sie es Prinz erzählen sollte, beschloss dann aber, dass es ihr Geheimnis bleiben sollte.

»Ich danke dir so sehr für alles, liebe Doris«, sagte Isabella und nahm das Rezept für die Cremes entgegen.

»Ich lege dir noch eine Preisliste dazu«, meinte Doris, »du kannst ja mal in unserem Angebot schmökern. Obwohl du das alles gar nicht brauchst.«

Auf dem Heimweg machte Isabella an diesem Spätseptembernachmittag in einem italienischen Dessous-Geschäft hinter dem *Marriott*-Hotel halt. Sie kaufte zwei Spitzen-BHs von *Paladini*, einmal cremefarben, einmal mitternachtsblau, und die jeweils passenden Tangahöschen. Die würde sie am Wochenende vor dem Spiegel probieren und sich hoffentlich richtig sexy fühlen.

»Strapse dazu?«, fragte die Signora mit verschwörerischem Blick. Aber so weit war Isabella noch nicht.

Sie schickte Roxanne ein Selfie, auf dem sie das Täschchen mit den erworbenen Dessous in die Höhe hielt. »Habe mich wieder eingeklinkt.« Gleichzeitig hatte sie keine Ahnung, wann sie den ganzen Krempel tragen sollte.

Ihre Freundin schickte sechs rote Herzen zurück.

20

Isabella saß an ihrem Küchentisch und trank Kaffee. Sie genoss diese Zeit am Sonntagmorgen ohne den Zeitdruck, der sonst ihr ständiger Begleiter war. Der Kaffee war stark, aber nicht zu stark, und er war heiß, aber nicht zu heiß. Und er wärmte sie auf ganz wunderbare Weise von innen. Mogli gesellte sich zu ihr und legte sich vor die Tasse auf dem Tisch. Isabella stellte ihm ein Glas Wasser hin, falls er Durst haben sollte. Er trank am liebsten aus Gläsern, die an sich für Gäste gedacht waren, doch irgendwie hatte das aus Isabellas Sicht auch eine eigene Logik. Schließlich war er immer der Hauptgast, egal, wer sonst noch anwesend war. Im Radio ertönte nun nach einer kurzen musikalischen Unterbrechung ihre Stimme. Ein Interview mit ihr über ungeschriebene Gesetze der Gesprächsführung, ausgestrahlt von Radio Niederösterreich. Zu ihrem eigenen Erstaunen fand sie ihre Stimme nicht wirklich unangenehm. Sie wusste aus Tausenden von Interviews, dass die meisten Menschen ihre eigene Stimmlage als fremd empfanden, wenn sie sich denn im Fernsehen oder Radio hörten. Sie selbst bildete hier keine Ausnahme, doch mit den Jahren war es interessanterweise besser geworden. Mittlerweile konnte sie sich sogar ohne Gänsehaut selbst zuhören.

Gerade als die Interviewerin nach einer kurzen Pause zu einer neuen Frage ansetzte, vibrierte ihr Mobiltelefon. Isabella war überrascht. Es war untypisch für Prinz, dass er anrief, erst recht um diese Zeit. In der Regel sandte er kurze Nachrichten, fast immer nachmittags oder abends. Neugierig hob Isabella ab. Seine Stimme klang anders als sonst. Da war nichts mehr von der Kraft und Energie zu spüren, die sonst in seiner Stimme mitschwang. Er klang eher wie ein Boxer nach einem schweren Niederschlag oder jemand, der nach längerer Bewusstlosigkeit wiedererwacht war.

»Ich hätte eine Bitte«, sagte er kurz, »ich bin gestern in der Nacht gestürzt und habe mir, denke ich, ein paar Rippen gebrochen. Es ist heute Sonntag und die Ärzte, die ich kenne, sitzen alle in London. Kennst du jemanden, der sich das schnell ansehen könnte?« Jetzt klang seine Stimme ärgerlich, fast aggressiv.

»Wie ist das passiert?«, fragte Isabella. »Hast du Schmerzen?«

»Nichts Dramatisches«, sagte Prinz, »ich bin gegen eine Tischkante gefallen. Es ist unangenehm beim Atmen, ansonsten nicht weiter schlimm«, behauptete er. Seine Stimme klang jetzt gestresst und Isabella wusste, dass er log.

»Ich kenne jemanden im Lorenz-Böhler-Krankenhaus«, sagte sie, »ich ruf dort gleich an und melde mich dann bei dir!«

»Danke«, sagte Prinz, »das ist sehr nett von dir.«

»Ich melde mich«, sagte Isabella nochmals, um den Leiter der Unfallambulanz im Lorenz-Böhler-Unfallkrankenhaus anzurufen.

Eine Stunde später saß sie mit Prinz vor der Röntgenstation. An seiner Körperhaltung war ersichtlich, dass er starke Schmerzen hatte, auch wenn er nichts dergleichen sagte. Isabella fand allerdings, dass er weniger unter den Schmerzen litt, sondern dass ihm etwas anderes, für sie nicht wirklich Greifbares zu schaffen machte.

»Es geht dir nicht gut«, fragte sie, »oder?«

»Nein«, sagte er, »es ist...« Dann schüttelte er den Kopf und verstummte wieder.

»Was ist?«, fragte Isabella leise. Sie wollte nicht aufdringlich oder zu neugierig sein, auch wenn es sie natürlich interessierte, was in Prinz wirklich vorging.

»Es ist...«, setzte Prinz wieder an. »Der, der da jetzt mit gebrochenen Rippen zum Röntgen im Lorenz-Böhler-Krankenhaus sitzt, das ist nicht der, der ich bin oder, besser gesagt, der ich sein will. Dieses Bild stimmt nicht mit meinem Selbstbild überein. Das macht mich, um ehrlich zu sein, über alle Maßen wütend. Am liebsten würde ich mir alle anderen Rippen selbst nochmal brechen.«

Isabella konnte sich ein Lächeln nicht verkneifen. »Wieso um Himmels willen willst du dir alle anderen Rippen selbst noch brechen? Es war einfach ein Unfall.«

»Ja,« sagte Prinz, »es war ein Unfall, aber der Unfall wäre vermeidbar gewesen.«

»Wie meinst du das? Inwiefern wäre er vermeidbar gewesen?«

»Ich hatte ein paar Drinks«, sagte Prinz, »nichts Dramatisches, aber vielleicht doch den einen oder anderen zu viel. Sonst wäre dieser Unfall nicht passiert oder, besser gesagt, er wäre vielleicht vermeidbar gewesen. Ich kann es natürlich nicht genau sagen. Vielleicht wäre er auch passiert, wenn ich vollkommen nüchtern gewesen wäre. Im Nachhinein ist das nicht mehr klar feststellbar. Aber die Tatsache, dass ich jetzt hier sitze, passt in jedem Fall nicht zu dem Bild, das ich selbst von mir habe, und das ärgert mich maßlos. Es ärgert mich im Übrigen auch maßlos, dass ich dich angerufen und dich damit belästigt habe.«

Isabella schüttelte den Kopf. »So ein Blödsinn«, sagte sie. »Erstens: Unfälle können immer und überall passieren. Ob mit oder ohne Drink, wach oder schlafend. Du kannst zum Beispiel aus dem Bett fallen. Ist das dann auch nicht mit deinem Bild von dir vereinbar?«

Prinz konnte ein Schmunzeln nicht unterdrücken. »Ah«, entwich es ihm, da ihm das Lachen offensichtlich höllische Schmerzen bereitete.

»Zweitens«, setze Isabella fort, »war es vollkommen richtig, dass du mich angerufen hast. Wie du selbst sagst, kennst du nur Ärzte in London. Wäre im Übrigen kein Fehler, wenn du dir ein paar Mediziner in Wien suchst, wenn du jetzt hier lebst. Nur so als kleiner Tipp.«

Prinz stöhnte, da er wieder lächeln musste. »Okay, okay«, sagte er, »aber eine Frage: Wenn du dich selbst betrachtest und alles, was du machst, bist du dann die, die du gerne sein möchtest?«

Isabella zögerte kurz. »Nein«, sagte sie dann, »bin ich nicht. Zumindest nicht immer.«

»Eben«, sagte Prinz. »Ich auch nicht. Vielleicht bin ich auch von meinem Selbstbild oder von meinem Idealbild viel weiter entfernt als du. Und das macht mich manchmal wahnsinnig. Die Rippen sind mir scheißegal.« Er spuckte diese Worte nahezu aus. »Das ist nicht der Punkt. Die Rippen sind nur ein Symptom. Aber sie zeigen mir, dass ich weiter von meinem Ideal entfernt bin als je zuvor.«

»Was wäre denn dein Ideal?«, fragte Isabella nun wirklich neugierig.

»Das ist eine gute Frage«, erwiderte Prinz. »In meiner Welt spielt Berechenbarkeit eine große Rolle. Das schließt mich selbst mit ein. Oder besser gesagt, gerade mich. Das hieße aber auch, ich muss mich zu hundert Prozent auf mich und mein Verhalten verlassen können. Wenn ich das nicht kann, ist die Berechenbarkeit nicht mehr gegeben. Und darum sind solche Vorfälle unverzeihlich.«

»Gut«, sagte Isabella, »aber du hast mir einmal erklärt, dass es bei Investments letztlich um Risiken geht, um das Einschätzen, wie groß oder klein ein Risiko ist. Wenn ich das richtig verstanden habe, dann ist das eine Welt, die alles andere als hundertprozentig berechenbar ist. Und ganz ehrlich: Die Welt an sich ist alles andere als berechenbar. Menschen sind es auch nicht, du schon gar nicht. Was ich meine, ist: Ich denke, du bist viel zu hart mit deinen Ansprüchen. Das ist schlichtweg unrealistisch.«

»Nein«, entgegnete Prinz, »versteh mich nicht falsch. Natürlich weiß ich, dass ich kein Roboter bin.« Er stöhnte wieder. »Obwohl ich manchmal gerne einer wäre.« Er musste spontan lachen und bog sich vor Schmerzen nach vorne. »Aber ich will meine Erwartungen an mich selbst nicht enttäuschen, und das ist übrigens auch die beste Garantie, dass ich die Erwartungen anderer nicht enttäusche. Ich sage das nicht, weil ich so ein guter Mensch bin.« Wieder krümmte er sich lachend vor Schmerzen nach vorne. »Obwohl, vielleicht auch«, sagte er und stöhnte auf, »sondern weil ich die Erfahrung gemacht habe, dass meine Umgebung dann so ist, wie ich glaube, dass sie sein soll.«

»Du kannst nicht alles kontrollieren«, sagte Isabella. »Auch nicht dich selbst. Zumindest nicht immer«, setzte sie nach einer kurzen Pause nach.

»Ich weiß«, sagte Prinz, »und das macht mich eben fast wahnsinnig. Denn die Seite, die dann zum Vorschein kommt, ist nicht immer die beste. Also«, setzte er nochmals an, »zwei Sätze noch, und dann verschon ich dich wieder mit diesem Unsinn. Um es kurz zu sagen: Ich bin mit mir selbst nicht immer hundertprozentig zufrieden. Und um ehrlich zu sein, gibt es nichts, was mich mehr aufregt. Aber das geht vorbei, und ich danke dir sehr, dass du mit mir hierhergefahren bist und dir diesen Schwachsinn angehört hast. Ich werde mich entsprechend revanchieren.«

Isabella wollte etwas sagen, doch in diesem Moment wurde er zum Röntgen gerufen. Mit einem weiteren sichtlich unterdrückten Stöhnen stand er auf und schleppte sich mehr als er ging in den Untersuchungsraum. Das Röntgen selbst dauerte nicht viel länger als fünf Minuten.

»Vier«, sagte er nur, als er wieder herauskam. Offenbar andeutend, dass vier Rippen gebrochen waren. »Kunstturnen fällt für zwei Monate aus«, sagte er und stöhnte wieder, da er ein Lachen unterdrücken musste.

»Ich lade dich noch auf einen Kaffee ein«, sagte Isabella.

»Er geht auf mich«, sagte Prinz, tastete sein Sakko ab und erklärte dann: »Jetzt hab ich auch noch mein Geld vergessen.«

»Wieder ein Rückschlag für dein Selbstbild«, stellte Isabella fest, und Prinz krümmte sich nach vorne, da er das Lachen diesmal nicht mehr unterdrücken konnte.

21

Der Nachrichtenüberblick am nächsten Morgen verhieß nichts Gutes. »25 Covid-Tote innerhalb von 24 Stunden, 3251 Neu-Infizierte.« Nach einem trügerischen Sommer rollte die nächste Coronawelle auf das Land zu. In einer Regierungs-Pressekonferenz verkündeten Kanzler und Gesundheitsminister eine deutliche Verschärfung der Regeln. Die Intensivbetten wären zu achtzig Prozent mit Covid-Patienten ausgelastet, es müssten nun geplante Operationen verschoben werden, die Entwicklung stelle das österreichische Gesundheitssystem vor eine schwere Belastungsprobe. Die Politiker appellierten an die Bevölkerung, Menschenansammlungen zu meiden und Abstandsregeln strikt einzuhalten. Alles klang nach Worst-Case-Szenario.

Isabella dachte an Schweden, einen ihrer Sehnsuchtsorte, in dem sie vor zehn Wochen noch gewesen war, wo die Pandemie einfach ignoriert wurde, wo ein ganzes Land einem Gesundheitsexperten vertraute, der die Herdenimmunität als einzig vernünftige Lösung des Problems ansah. Und für seine These Tausende Tote in Kauf nahm. Sie vermisste das unbeschwerte Gefühl, die Lebenskraft der Menschen, ihre unerschütterliche Hoffnung, dass alles nicht so schlimm sei wie befürchtet.

Kolumnen und Interviews drehten sich wieder ausschließlich um das Thema Nummer eins, die Infektionslage verschlimmerte sich täglich, es lag etwas Bedrohliches in der Luft.

»Wir wollen uns doch schon so lange einmal treffen«, las sie in der obersten Nachricht ihres Posteingangs, »lass uns ein Glas Champagner trinken, bevor der nächste Lockdown da ist.« Die Nachricht stammte von Agnes, ihrer Zahnärztin. Isabella schien es, als hätte die Medizinerin etwas vorweggenommen, was unausweichlich schien. Sie hatte recht. Man musste feiern, solange es noch möglich war.

»Wie schön von dir zu lesen«, schrieb sie zurück. »Freitag, 18 Uhr, Dosage?«

Sie war im Frühling das letzte Mal in der Privatpraxis mit integriertem Zahntechniklabor im achten Wiener Gemeindebezirk, gleich um die Ecke des Theaters in der Josefstadt, gewesen. Dr. Med. Dent. Agnes Angerer, zertifizierte Implantologin, Absolventin der angeblich weltbesten zahnmedizinischen Fakultät, dem *Karolinska Institutet* bei Stockholm. Ihr Coach hatte Isabella die Ärztin schon vor Jahren empfohlen. »Agnes wird dir deine Angst vor dem Zahnarzt nehmen, denn in Wahrheit ist sie noch viel mehr Psychologin als Implantologin.« Das machte Isabella, in Erwartung neuer Zahnwurzeln aus Titan, durchaus neugierig. Nirgends spürte sie Schmerzen heftiger als beim Zahnarzt. Lieber bring ich noch ein Kind auf die Welt, pflegte sie bei ihren Freundinnen zu scherzen, wenn ihr Wurzelbehandlungen bevorstanden. Das war natürlich Galgenhumor. Dennoch waren die heftigsten aller Schmerzen, jene der Geburt eines Kindes, für sie weniger bedrohlich als Zahnschmerzen. Und die Betäubung, oder wie es medizinisch korrekt hieß, intraligamentäre Anästhesie, machte die Sache auch nicht besser, denn von den Spritzen wurde ihr heiß, schwindlig und schließlich schlecht.

Agnes schaffte es, Isabella während der zwölf Monate dauernden Zahnsanierung zu ihrer Verbündeten zu machen. »Ich mache nur das, was du wirklich möchtest«, versicherte sie ihrer Patientin immer wieder. Sie machte Isabella klar, dass sie ein Team waren, dass es ihre gemeinsame Verantwortung war, das gut über die Bühne zu bringen. Wenn die Angst wieder einmal überhandnahm und Isabella sich innerlich wehrte, hielt Agnes inne und sagte: »Wir können gern eine Pause einlegen. Du musst wissen, dass ich mich auch wohlfühlen muss. Ich kann meinen Job nur dann gut machen, wenn du es zulässt.« So war Agnes zu ihrer Begleiterin auf einem langen Weg geworden. In einem Prozess, der ihr wieder ein sicheres Gefühl beim Essen, Lachen und Küssen ermöglichen würde. Agnes war aber nicht nur einfühlsam, sondern sah auch fantastisch aus. Lange dunkelblonde Haare, eisblaue Augen, gepflegte Haut.

Es war ungewöhnlich lau, als Isabella am Freitagabend den Durchgang vom Stephansplatz in die Wollzeile entlangging, das Lugeck überquerte und kurz vor 18 Uhr in den Fleischmarkt einbog. Es war der 25. Oktober, ihr sandfarbener Filzmantel fühlte sich fast zu warm an. »Besser als zu kalt«, dachte Isabella und öffnete die Knöpfe. Die schneeweiße Fassade der *Dosage* stach ihr trotz der bereits einsetzenden Dunkelheit ins Auge. Der Name stand für den letzten süßen Schliff, den der Kellermeister dem Champagnerwein vor dem Verkorken gab, und gleichzeitig sein größtes Geheimnis. Isabella betrat das Lokal und begrüßte den Patron. »Frau Mahler«, flötete Friso, der »Letzte der echten Barkeeper mit vollem Haar«, wie er sich gerne bezeichnete, und küsste Isabella auf beide Wangen. Dann führte er sie an den besten Tisch der Bar. »Ihren« Tisch.

»Heute ohne Prinz?«, fragte er. Isabella lachte.

»Ladies Night!« In diesem Moment schrieb Agnes, dass sie sich um fünf Minuten verspäte. »Kein Stress!«, tippte Isabella ins iPhone und ließ sich ein Glas *Trudot* servieren.

Friso hatte für sie und Prinz zwei *Zalto*-Gläser gravieren lassen. Auf dem einen stand »Thomas«, auf dem anderen »Isabella«, alles in Kleinbuchstaben, was Prinz hellauf begeistert hatte. »Eines muss man Friso lassen«, meinte er anerkennend, »er hat wirklich einen erlesenen Geschmack.« Der Graveur, so erzählte ihnen Friso, habe sich sehr bemüht und gemeint, das hauchdünne, handgeblasene Glas zu gravieren komme einem Ritt auf einer Rasierklinge gleich. Zwei Gläser seien beim Versuch, die vierzehn Buchstaben ihrer beiden Vornamen einzugravieren, zersprungen. Vorsichtig führte Isabella das »Isabella«-Glas zum Mund und genoss das Prickeln auf der Zunge. Selbst nach einem richtig miesen Tag vermochte Champagner sie auf eine Art aufzuheitern, die mit nichts anderem vergleichbar war. Und ihr Tag war richtig gut gewesen.

Agnes traf um 18.18 Uhr ein. »Ich war um 18.15 Uhr schon in der Nähe, habe aber extra noch drei Minuten gewartet«, lächelte sie und nahm Isabella in den Arm, »ich weiß ja, dass du schöne Zahlen liebst.«

Sie legte ihren blauen Trenchcoat über den Barhocker und zog sich das *Hermès*-Tuch *Bride de Cour* von den Schultern. Dann öffnete sie ihre *Kelly* und fischte ein Päckchen heraus, das sie Isabella überreichte. Es enthielt ein Buch im Taschenformat. Kent Haruf, *Unsere Seelen bei Nacht*. Das Cover zeigte zwei Holzhäuser, dahinter Berge, es hätte ihr Dorf sein können. »Du wirst es mögen«, erklärte Agnes. Friso eilte mit einem Glas *Trudot* herbei.

»Darf ich vorstellen?« Isabella nahm Agnes' Hand. »Dr. med. dent. Agnes Angerer, beste Zahnärztin ever.« Friso fletschte demonstrativ seine Zähne und verneigte sich eine Spur zu theatralisch. Die zwei Frauen prosteten einander zu. »Auf dass kein Lockdown mehr kommen möge«, sagte Agnes mit bedeutungsvoller Stimme. Isabella nickte und dachte insgeheim, dass sie auch damit ganz gut leben könnte.

»Was gibt es Neues an der Männerfront?«, lenkte Isabella die Unterhaltung weg vom Geschäft.

»Tinder wird langsam anstrengend«, seufzte Agnes und strich ihre Haare zurück. »Ich habe schon in 15 Männer Zeit investiert, und das ohne nennenswerten Erfolg. Ich sage dir, keiner hält dort, was er verspricht. Manche haben mit der Person, die sie auf der Plattform vorgeben zu sein, nur am Rande etwas zu tun.« Sie trank ihr Glas in einem Zug aus. »Ein blond gelockter Schafzüchter mit Biobauernhof, er sah wirklich süß aus, hat sich als jämmerliches Muttersöhnchen herausgestellt. Der Spitalsarzt war in Wirklichkeit ein Krankenpfleger mit Burnout, und der freiheitsliebende Architekt hatte eine dominante Ex und drei kleine Kinder.« Agnes winkte Friso herbei. »Das hat keinen Sinn mit den Gläsern. Bring uns eine Flasche La Parcelle.«

»Für mich wäre das unvorstellbar«, erklärte Isabella, »dass ein Mann neben mir noch zig andere Frauen begutachtet und dann ein Ranking aufstellt. Das ist doch würdelos. Ich wollte ehrlich gesagt immer die Einzige sein.«

Agnes war da nicht so strikt. »Ich wäre auch gern die Zweite oder Dritte, wenn der Sex passt. Aber das ist komischerweise für viele Männer das schwierigste Unterfangen.«

In diesem Moment erschien eine Nachricht von Prinz auf ihrem Display. »Lust/Zeit auf ein Stella bei Ho?« Der gebürtige Vietnamese Martin Ho hatte sich schon mit 19 Jahren mit einer experimentellen Sushi-Bar selbständig gemacht. Zwei Jahrzehnte später umfasste sein Imperium acht Lokale, eines davon lag vis-à-vis der Secession, und dort gab es das belgische *Stella*-Bier, das Prinz an seine Jahre in Brüssel erinnerte, frisch gezapft vom Fass in den original Tulpengläsern mit der goldenen Schrift.

»Sorry Agnes«, murmelte Isabella, »ich schreib nur schnell zurück.«

»Nicht absagen«, rief Agnes mit wissender Miene, sie hatte schon ein bisschen zu viel erwischt, »du kannst ihn ja herbitten.«

»Hexe«, lachte Isabella und machte ein Foto. »Bin mit einer Freundin in der Dosage«, tippte sie in ihr Smartphone und schickte das Bild hinterher.

Prinz antwortete prompt. »Pretty cool!«

Isabella überlegte, dass sie noch nie mit Prinz in Gesellschaft einer anderen Frau gewesen war. Es fühlte sich aufregend an.

»Also erzähl schon«, drängte Agnes. »Wer ist er?«

»Du wirst ihn vermutlich gleich kennenlernen«, lachte Isabella. Sie war sich sicher, dass Prinz demnächst hier auftauchen würde. Auch wenn es bei Friso kein *Stella* vom Fass, sondern nur das etwas herbere *Trumer* Pils aus der Flasche gab. Isabellas Alkoholpegel war inzwischen schon deutlich, jener von Agnes bedenklich gestiegen. Die Ärztin vertrug nicht so viel, es vertrug eigentlich keine von Isabellas Freundinnen so viel Alkohol wie sie.

Isabella blickte sich um. Unter der Leuchtschrift »Champagner ist wie Küssen« schmuste der vollbärtige Geschäftsführer einer PR-Agentur eine viel zu stark geschminkte Russin ab. An der Bar tanzte Lena, Frisos Stammgästin, mit geschlossenen Augen und dem Champagnerglas in der linken Hand zu Édith Piaf. *Non, je ne regrette rien.*

Die *Dosage* zog sehr spezielle Menschen an, man konnte das Ungleichgewicht zwischen jenen, die die Rechnung bezahlten, es waren fast immer Männer, und ihren Begleiterinnen, die sich nie leisten könnten, ein paar hundert Euro für einen Abend hinzulegen, körperlich spüren. Zwischen Isabella und Agnes gab es dieses Ungleichgewicht nicht. Sie würden sich die Rechnung vermutlich teilen, oder die, die am Ende weniger betrunken war, vermutlich Isabella, würde sich um die Begleichung kümmern.

Es war kurz vor acht, als die Tür sich öffnete und Prinz die Bar betrat. Er trug eine cognacfarbene Cordhose, dazu ein schottisches Tweed-Sakko und ein hellblaues Hemd. »Hey«, begrüßte er Isabella und küsste sie freundschaftlich auf die Wange. Dann fiel sein Blick auf Agnes, und es war unschwer zu erkennen, dass ihm das, was er sah, sehr gefiel.

»Prinz«, stellte er sich knapp vor und lächelte.

»Agnes«, hauchte Isabellas Begleiterin und warf Prinz ein strahlendes Zahnpasta-Lächeln zu. Bei diesem Beruf kein Kunststück, dachte Isabella mit leicht aufkommendem Ärger.

Friso eilte mit dem »Thomas«-Glas herbei und schenkte *La Parcelle* ein. »Darf ich noch eine Steigerung bringen?«, fragte er und schwenkte die leere Flasche demonstrativ hin und her. Prinz nickte. »Die nächste geht auf mich.« Von Bier war keine Rede mehr. Stattdessen bestellte er *Fromage à trois* mit *Le Gruyère*, *Reblochon* und italienischem Büffel-Camembert, dazu französischen Feigensenf.

»Kent Haruf«, wandte Prinz sich wieder Agnes zu, »ein exzellentes Buch.«

»Sie kennen Haruf?«, fragte Agnes. In ihren Augen lag Entzücken. Sie liebte Bücher über alles, vorzugsweise amerikanische Belletristik. Ihr Traumjob war Bücherrezensentin gewesen, bevor sie sich für eine medizinische Karriere entschied und in die Fußstapfen ihres Vaters, eines renommierten Kieferchirurgen am Wiener Allgemeinen Krankenhaus, getreten war.

»Natürlich«, holte Prinz aus, »ich habe diesen Roman vor Jahren einmal während eines Fluges gelesen. Reiner Zufall. Jemand hatte ihn vor mir in dem Fach des Vordersitzes vergessen. Ich lese sonst keine Romane. Aber diesen hier mochte ich. Vor allem den letzten Satz des ersten Kapitels.« Prinz hatte das Buch, das eigentlich Isabella gehört, jetzt in die Hand genommen und blätterte darin. Dann las er den Satz laut vor. »Ach, zum Teufel, sagte er. Jetzt bilde dir mal bloß nichts ein.«

Agnes sah ihn sichtlich fasziniert an. »Diesen Satz haben Sie sich gemerkt?« Sie schüttelte den Kopf. »Ich meine, er ist wirklich gut, dieser Satz, aber ich kenne ehrlich gesagt wenige, die sich an einzelne Sätze eines Romans erinnern, den sie vor Jahren gelesen haben.«

Prinz sah ihr in die Augen und lächelte sein Haifischlächeln. »Ich vergesse selten etwas.« Er zögerte kurz. »Leider«, fügte er hinzu.

Agnes nahm das Buch wieder in die Hand. »Ich finde diese Geschichte so faszinierend.« Sie erzählte über Addie, eine siebzigjährige Witwe, die ihrem Nachbarn vorschlägt, ab und zu bei ihr zu schlafen. So verbringt das ungewöhnliche Paar die einsamen Nächte miteinander. Und kommt sich ohne Sex näher.

War das Buch vielleicht eine Anspielung auf ihren Beziehungsstatus, dachte Isabella nun. Sie kam sich mittlerweile überflüssig vor und tänzelte mit ihrem Glas an die Bar zu Friso und Lena. Sollen die doch machen, was sie wollen, dachte sie trotzig und orderte eine eigene Flasche *La Parcelle*.

»Da drüben scheint es zu funken«, grinste Lena. »Gehört er nicht dir?« Isabella lachte und schüttelte den Kopf. »Nein, wir sind nur best friends.«

»Komm, Süße, lass uns tanzen«, rief Lena und zog Isabella zu sich. *ABBA* sangen *Lay all your love on me*, die zwei Frauen wogen sich zu Agnetha Fältskogs samtener Sopranstimme. Ein Blick rüber zu Agnes verriet Isabella, dass sie offenbar die Grenze ihrer Alkoholverträglichkeit überschritten hatte, denn sie hatte ihren Kopf auf den Tisch gebettet und Prinz strich fürsorglich über ihr Haar. Er hatte gar nicht bemerkt, dass Isabella weggegangen war.

»Mein Instinkt sagt mir, dass ich jetzt gehen sollte«, sagte Isabella zu Lena, aber mehr noch zu sich selbst. Sie bat Friso, die Flasche aufzuschreiben, schlüpfte in ihren hellen Mantel und machte kurz halt am Tisch von Agnes und Prinz. »Das Buch bitte«, deutete sie Prinz. Erst jetzt nahm er Isabella wieder wahr. »Und wünsch meiner Freundin gute Besserung, wenn sie wieder ansprechbar ist.« Dann warf sie ihm einen kalten Blick zu und verließ die Bar.

Die Playlist spielte *Let it be* von den *Beatles*, als Isabella die gepflasterten Treppen von der Griechenkirche zur heiligen Dreifaltigkeit vom Fleischmarkt zum Donaukanal hinabstieg. Der Mond war halb voll und warf ein silbernes Licht auf den menschenleeren Schwedenplatz. Ihr Herz war schwer wie Blei.

Die letzte Straßenbahn war schon weg. Isabella überlegte kurz, ob sie ein Taxi nehmen sollte. Aber sie hätte kaum geschafft, dem Fahrer das Ziel zu nennen, so zugeschnürt war ihre Kehle. Sie fühlte Tränen in sich aufsteigen, konnte aber nicht weinen.

Was machte sie gerade so traurig? Dass Prinz mit ihrer Freundin flirtete? Das war doch lächerlich.

Sie erhöhte das Tempo ihrer Schritte und versuchte, logisch zu denken. Aber für manche Dinge gab es eben keine Lösung wie für Kreuzworträtsel. Als sie von der Sternwarte Urania in den dritten Bezirk einbog, verspürte sie eine Wut, die sich aber nicht gegen Prinz richtete, sondern ausschließlich gegen Agnes. War der Alkohol eine Entschuldigung dafür, dass ihre Freundin nur noch Augen für ihn gehabt hatte? Agnes hatte ja nicht gewusst, wie nah sie und Prinz sich waren. Aber auch wenn sie ein Paar gewesen wären, zumindest zeitweise, wäre ihr das offenbar egal gewesen.

Es war kurz vor ein Uhr morgens, als Isabella in ihrer Wohnung ankam. Sie fühlte sich vollkommen leer. Wie versteinert schminkte sie ihr Gesicht ab und putzte die von Agnes implantierten Zähne. Sie lag noch lange wach. Alles wird gut, dachte sie, aber ihr Herz sagte etwas ganz anderes.

22

Ausreisekontrollen im Bezirk Melk verlängert.
Frau in Tirol stirbt nach Würgeattacke.
Bundesbank-Chef Weidmann kündigt überraschend Rücktritt an.
Inflation steigt auf 3,3 Prozent.
Erneuter Putschversuch im Sudan.
Starsopranistin Edita Gruberová tot.

Regungslos ließ Isabella die Schlagzeilen des Nachrichtenüberblicks auf sich niederprasseln. Sie fühlte nichts. Kein Verlangen nach Kaffee, keine Vorfreude auf den Tag. Die *bad news* ließen sie kalt. Zum ersten Mal in diesem Jahr lag dicker Nebel über der Stadt.

Was war in der Nacht eigentlich passiert? Isabella versuchte, logisch zu denken. Alle Fakten zu sammeln, als müsste sie einen Bericht darüber verfassen. Zwei Frauen betreten eine Bar, ein Mann stößt dazu. Es ist der Freund – ein sehr guter Freund – der älteren Frau. Er beginnt, heftig mit der jüngeren Frau zu flirten. Die ältere Frau macht sich selbständig und verlässt schließlich die Szenerie.

Erst jetzt wurde Isabella bewusst, warum diese Geschichte sie so verrückt machte. Sie konnte sie nicht erzählen. Sie wusste nicht, wie sie weitergegangen war. Sie kannte das Ende nicht.

Hingerissen zwischen Neugier, Angst und Stolz, verbrachte Isabella den Tag im Homeoffice. Ihre WhatsApp-Nachrichten ließ sie ungeöffnet. Insgeheim hoffte sie, dass Prinz geschrieben hatte. Dass Agnes sie, geplagt von einem schlechten Gewissen, vielleicht von der quälenden Unwissenheit erlösen würde. Aber keinesfalls wollte sie den Eindruck erwecken, als würde sie darauf warten.

»Du sollst dir kein Bild machen«, stand in der Bibel. Isabella liebte diesen Spruch. Die Dinge auf sich zukommen lassen, sie nicht schon frühzeitig für sich zurechtlegen. Warten können, bis sich alles aufklärt. Diesmal fiel es ihr besonders schwer.

Szenen aus der Bar liefen wie ein hängengebliebener Film vor ihrem inneren Auge ab. Agnes, die Prinz mit ihren Augen verschlingt. Prinz, der seine frisch gebrochenen Rippen anscheinend nicht mehr spürt und gar nicht den Eindruck erweckt, als wollte er keinen Sex. Die langen Haare von Agnes, ausgebreitet auf dem Bartisch. Die Hand von Prinz, die fürsorglich darüber streicht.

Bestimmt hatte er sie im Taxi nach Hause gebracht. Bestimmt hatte sie sich erkenntlich gezeigt.

Isabella erinnerte sich an den Kuss von Prinz in Barcelona. Am nächsten Tag hatte er sich nicht mehr daran erinnert.

Ob er auch Agnes geküsst hatte und sich heute nicht mehr erinnern konnte? Oder war da mehr? Hatte sie ihn vielleicht zu sich in ihr Penthouse eingeladen, waren sie noch auf der Terrasse mit 360-Grad-Blick über die City gesessen und hatten japanischen Whisky getrunken? Später vielleicht Sex gehabt?

Isabella wurde wütend. Auf Agnes, auf Prinz, aber am meisten auf sich selbst. Sie war lange nicht so souverän, wie sie sich gerne sah. Sie war vielleicht sogar eifersüchtig auf etwas, das sie bisher gar nicht unbedingt wollte. Aber jetzt, da eine andere Frau es möglicherweise bekommen hatte, wollte sie es auch. Oder doch nicht?

»Ciao Bella!« Das war eine Nachricht von Roxanne. Nun stieg Isabella doch in ihren WhatsApp-Account ein. Ihr Herz klopfte. Hatte ihr Prinz geschrieben? Sie sah eine Nachricht von ihm, beschloss aber, sie nicht zu öffnen.

»Hi Beauty!«, schrieb sie zurück. »Was machst du so?« Ein bisschen Ablenkung tat jetzt so gut.

»Bin shoppen… Habe am Abend ein Date, kann mich nicht mehr erinnern, was der Typ macht… Aber es kann nur irgendwas mit Investment oder Immobilien sein, so wie ich mich kenne, wahrscheinlich einer dieser erfolglosen Krypto-Trader, haha! Hoffe, ihr habt es gestern in der Dosage ordentlich krachen lassen.«

»Das kannst du laut sagen. Agnes hat mit Prinz geflirtet! Und umgekehrt.«

»Er war dort? Definiere geflirtet!«

»Ja, er ist dazugestoßen und hatte nur noch Augen für sie. Ich bin um Mitternacht gegangen. Erst war ich nur sauer, aber heute bin ich traurig und weiß nicht, warum…«

»Na klar bist du traurig! Das ist auch wirklich nicht die feine englische Art. Passt gar nicht zu Prinz. Und Agnes muss das doch furchtbar unangenehm gewesen sein?«

»Sie war zu betrunken, als dass es ihr peinlich gewesen wäre. Hat sich sogar übergeben. Nicht einmal das hat Prinz gestört. Ich frage mich, was diese Frau in ihm ausgelöst hat…«

»Dem ist offenbar eine Sicherung durchgebrannt. Er hat Glück mit dir. Ich hätte ihm eine Szene gemacht.«

»Aber wir sind ja nur best friends…«

»Warum bist du dann sauer?«

»Gute Frage. Er will ja keinen Sex, und ich eigentlich auch nicht unbedingt. Wobei, langsam interessiert es mich. Vielleicht sogar mit ihm. Bin mir aber nicht sicher.«

»Er verdient es nicht, glaub mir. Wenn ein Mann nicht vor Freude weint, dass er dich anfassen darf, hat es keinen Sinn.«

Das war typisch Roxanne. Sie wollte angehimmelt werden, die Erste und Einzige sein, keine Kompromisse eingehen.

»Glaubst du, da war noch was zwischen Agnes und ihm, gestern Nacht?«

»Nachdem sie ins Glas gekotzt hat?« Hinter der Frage platzierte Roxanne zehn »Mir ist schlecht«-Emojis.

»Irgendetwas ist zwischen den beiden passiert. Ich hatte plötzlich das Gefühl, dass ich nicht mehr dazugehöre... Er hat mir übrigens heute Früh geschrieben, aber ich les es erst später, und dann schreib ich nicht zurück. Wie bei Regner!«

»Mal runterkommen ist sicher nicht schlecht.«

»Was müsste er schreiben, damit ich ihm verzeihe?«, hakte Isabella nach.

»Es tut mir leid, mein böser Doppelgänger ist aus seinem Käfig entkommen und hat in Wien sein Unwesen getrieben.« Sie setzte fünf Grinse-Smileys dahinter.

Isabella konnte gar nicht mehr aufhören zu lachen.

»Also ich würde ihn auf ewig blockieren«, stellte Roxanne klar.

»Und was machen?«, fragte Isabella.

»Auf ein Date gehen. Fremdküssen. Ich kann mein Date heute Abend fragen, ob er einen süßen Freund hat...«

»Aber Prinz war immer für mich da, bis jetzt«, warf Isabella ein.

»Stimmt, er hat Gutpunkte gesammelt.«

»Gutpunkte?« Für Isabella klang das wie Buchhaltung.

»Ich führe im Kopf bei jedem Mann ein Plus-Minuskonto. Wenn sich auf dem Pluskonto nichts mehr sammelt, dann blockiere ich ihn. Tschüss! Das ist bei dir nicht der Fall. Prinz steht mit dem gestrigen Riesenminus insgesamt noch immer leicht im Plus. Denk darüber nach. Ich muss jetzt Schluss machen.«

Vielleicht hatte Roxanne recht, dachte Isabella. Sie sah wieder den bösen Doppelgänger vor sich, der nachts sein Unwesen getrieben hatte. Vielleicht hatte Prinz zwei Gesichter, und sie kannte nur eines davon. Nun war sie bereit. Sie klickte seine Nachricht an.

»Liebe Isabella! Ich verstehe, dass du sauer bist. Es tut mir leid, sollte ich dich verletzt haben. Das war das Letzte, was ich wollte. Lass uns telefonieren.«

Obwohl sie seine modellierte Stimme vermisste, schrieb sie nicht zurück. Gleichzeitig wünschte sie sich nichts sehnlicher als ein Herz-Smiley und dass alles zwischen ihnen wieder so sein könnte, wie es einmal war.

23

Halloween stand vor der Tür, ein im wahrsten Sinne des Wortes grauenvolles Fest, wie Isabella fand. Roxanne schlug sich seit Tagen mit der Frage herum, welches Kostüm sie bei der Halloween-Party ihrer ehemaligen WG tragen sollte. In den Straßen sah man Menschen mit Taschen von *Ed. Witte*, dem traditionsreichen Geschäft für Faschingskostüme, gruselige Outfits, Zaubertricks und Scherzartikel am Wiener Naschmarkt. Dass Halloween am Vorabend zu Allerheiligen begangen wurde, hielt Isabella fast für einen Frevel. Sie mochte die Tradition, zu Allerheiligen und Allerseelen auf die Friedhöfe zu gehen, Kerzen anzuzünden, der Verstorbenen zu gedenken. Sie hatte einmal mit ihren Söhnen darüber diskutiert, wo sie dereinst beerdigt sein wollte. Im Dorf, wo sie geboren war, oder im ungarischen Dorf? Wenn in Wien, auf welchem der Friedhöfe? Isabella kam zum Schluss, dass es ihr vollkommen egal war, was nach ihrem Tod passierte. »Macht, was ihr wollt«, erklärte sie ihren Kindern. »Ihr könnt mich auch gerne verbrennen.«

Die U-Bahn passierte gerade einen Friedhof, als ihr Herausgeber sie für zwölf Uhr zu einer Besprechung in sein Büro bat. Auf dem Weg ins *Media Quarter* holte sie sich noch ein Beeren-Mandel-Porridge vom kleinen Café beim Ausgang des Bahnhofs, aber eigentlich hatte sie seit der Nacht in der *Dosage* keinen Appetit.

»Setzen Sie sich, Frau Mahler«, begrüßte sie ihr Chef später im kleinen Zimmer ohne Türschnalle, das sein Zweitbüro war und in das man nur über ein anderes Zimmer gelangen konnte. Er legte eine Marktforschungsstudie auf den Tisch, in der die Trademarks ihrer Zeitung abgefragt worden waren. Zu ihrer Überraschung war sie eine der stärksten Trademarks. Die Leserinnen und Leser hatten die Interviewerin und Kolumnistin mit den Eigenschaften »empathisch«, »fair«, »kompetent« und »vertrauenswürdig« assoziiert. »Sie sollten Ihre Kolumne täglich schreiben«, schlug der Herausgeber vor, »damit erreichen wir eine noch größere Bindung unseres Publikums an die Zeitung.«

Isabella fühlte sich sehr geehrt, war aber mit den Gedanken ganz weit weg. »Vielen Dank für das Vertrauen«, sagte sie, »ich möchte gern ein paar Tage darüber nachdenken.« Eigentlich hatte sie sich insgeheim ausgemalt, wie es wäre, mit knapp 59 etwas leiser zu treten. Vielleicht einmal in aller Ruhe ein Buch zu schreiben, statt immer nur knappe präzise Texte herunterzuklopfen, mit der Deadline im Hinterkopf. Sie erinnerte sich an das Maßband, das sie bei ihrer Ankunft in Schweden vor sich gesehen hatte. An die zwei Drittel ihres Lebens, die schon verstrichen waren, an die Zeit, die ihr noch blieb und die sie bestmöglich nutzen wollte.

In diesem Moment vermisste sie Prinz. Egal, was in jener Nacht passiert war, sie wollte sich nicht zur Richterin erheben. Außerdem war sie neugierig. In wichtigen Momenten ihres Lebens stellte sich immer wieder heraus, dass sie mehr Journalistin war als alles andere.

Als sie in ihr Büro zurückging, sah sie, dass eine weitere Nachricht von Prinz auf ihr Handy gekommen war. »Ich versteh, dass du vielleicht noch Zeit brauchst«, schrieb er. »Was hältst du also von einem kleinen Drink in der Bristol Bar am 2. 11. um 21.11?«

Isabella wurde warm ums Herz. Er wusste wirklich, wie man sie ködern konnte. Eine schöne Zahl, ein eleganter Platz, ein Special Drink. Und schon wurde sie weich.

Sie blickte auf die Uhr und wartete bis 13.13 Uhr. Dann schickte sie ihre Antwort ab. Es waren nur zwei Worte. »Na gut…« Von Agnes hatte sie nichts mehr gehört. Kurz erwog sie, ihr eine nichtssagende Nachricht zu schicken, damit sie sich ein bisschen schlecht fühlte, verwarf den Gedanken aber sogleich wieder.

Die Zeit bis zum Allerseelen-Abend erschien ihr wie eine Ewigkeit. In die Melancholie des Novembers mischte sich ihre Freude auf das Treffen mit Prinz. Er war ihr ein wirklich guter Freund geworden. Vielleicht war es ohnehin das Beste, wenn sie »nur« Freunde blieben, nichts weiter. Vielleicht hatte er ja recht, wenn er behauptete, dass Sex alles kompliziert machte. Ein wenig störte sie allerdings, dass das offenbar nicht für alle Frauen in seiner Umgebung galt.

Isabella trug ihr gelbes Sakko, dazu die dunkelblauen Jeans und die cognacfarbenen Stiefel, als sie am 2. 11. kurz vor 21 Uhr in das Uber-Taxi stieg. Von ihrer Wohnung in die *Bristol Bar* bei der Wiener Staatsoper waren es nur knapp sieben Minuten. Prinz saß schon an ihrem Stammtisch bei der Bar, vor sich ein Glas Whisky, als sie elf Minuten nach 21 Uhr eintraf. Sie war aufgewühlt. Bereit für alles, was immer da auch kommen würde.

»Hi Isabella«, sagte er mit einem breiteren Lächeln als sonst. Er trug sein braunes Burberry-Sakko, das trotz der zwei Jahrzehnte, die es ihn schon begleitete, noch immer elegant aussah. Dazu ein hellblaues Hemd, Jeans und braune Loafer aus Hirschleder. Äußerlich kaum zu erkennen, wirkte er auf Isabella in gewisser Weise gezeichnet, so als hätte er eine schlaflose Nacht gehabt.

»Sie haben hier ein gutes Pils«, durchbrach er das sich androhende Schweigen.

»Ja dann«, lachte Isabella, »dieses Angebot kann ich natürlich nicht abschlagen.«

Nun eilte Stefan, der legendäre Barkeeper des *Bristol* herbei. »Auch für Sie einen Whisky, Frau Mahler?«, fragte er. Noch bevor sie antworten konnte, schüttelte Prinz den Kopf. »Nein, bringen Sie uns doch bitte zwei Reininghaus Pils.«

Der Mann in dem cremefarbenen Dinnerjacket, der in dieser legendären Räumlichkeit bereits alles Menschliche und Unmenschliche dieser Erde vernommen hatte, verschwand mit seinem gewohnten Lächeln hinter der Theke. Minuten später kehrte er mit zwei Tulpengläsern, gefüllt mit Pils vom Fass, zurück. »Perfekte Blume«, murmelte Prinz und prostete Isabella zu.

»Wie geht es dir?«, fragte er sie nun und suchte ihren Blick.

Isabella sagte nichts, obwohl es ihr schwerfiel. Sie hätte zynisch werden können, oder neugierig. Beides wäre falsch gewesen. Richtig war es hingegen, wie sie fand, seinem Blick nicht ausgewichen und ihrer inneren Stimme gefolgt zu sein.

»Agnes hat irgendetwas in mir getriggert«, sagte Prinz nun in die Stille hinein, »etwas, das ich nicht benennen kann, das mich aber in dem Moment restlos fasziniert hat.«

Isabella nickte. Es war besser, das nicht zu kommentieren.

»Ich hab sie dann im Taxi heimgebracht«, fuhr er fort. Kurzes Schweigen.

»Wenigstens kannst du dich erinnern«, bemerkte Isabella spitz in Anspielung auf den Kuss in Barcelona, an den er sich nicht hatte erinnern können.

»Außer etwas Schmuserei war da nichts«, sagte er.

Sie lachten beide.

Isabella hätte zu gerne gewusst, ob er auch Agnes am Morgen danach geschrieben hatte, und wenn ja, wie sie reagiert hatte. Jetzt sei nicht so neugierig, sagte sie zu sich selbst, du wirst es bestimmt noch früh genug erfahren.

»Ich sitze schon ein bisschen länger da«, führte Prinz nun aus, »weil ich darüber nachgedacht habe, welche Beziehungsformen es eigentlich gibt.«

Das war eine interessante Wendung, fand Isabella. Prinz strahlte eine leichte Verzweiflung aus, so, als hätte die Begegnung mit Agnes ihm ein Dilemma bewusst gemacht.

»Da bin ich aber gespannt«, erwiderte Isabella.

Er zog einen schwarzen Fineliner aus der Innentasche seines Sakkos und nahm eine Papierserviette zur Hand. Darauf zeichnete er ein Quadrat, das er in vier kleinere Quadrate unterteilte.

In das erste Feld malte er sein großes »S«.

»Du kannst Solo sein und Sex meiden. Das kann ganz gut funktionieren, weil kein anderer involviert ist. Du machst dir das einfach mit dir selbst aus. Hilfsmittel gibt's ja genug«, grinste er.

In das zweite Feld schrieb er ein »E«.

»Du kannst natürlich auch mit einer Partnerin zusammen sein.«

Fix zsamm, dachte Isabella. Sie kannte den Ausdruck von Roxanne. Es bedeutete, dass man sich auf exklusiven Sex geeinigt hatte.

»Egal, ob du verheiratet bist oder nicht, es ist jedenfalls eine Challenge. Bei mir hat es nicht funktioniert.«

Kurz schien er zu überlegen, welcher Buchstabe für das dritte Feld der richtige wäre. Schließlich entschied er sich für ein »M«.

»Du kannst Sex mit mehreren Partnern haben. Wenn es offen kommuniziert wird, nennt man es polyamor. Wenn nicht, dann ist es ein Desaster. Irgendwann kommen die Partnerinnen drauf, und schon bist du ein mieser Fremdgeher.« Er verzog seine Mundwinkel zu einem spöttischen Lächeln. Seiner Mimik nach hatte sich auch dieses Konzept nicht als optimal für ihn erwiesen.

Isabella konnte sich nicht vorstellen, was im vierten Feld stehen sollte.

Prinz blickte sie bedeutungsvoll an. Dann füllte er das letzte Quadrat mit einem »P« aus.

»Es gibt dann noch die Möglichkeit des professionellen Sex. Ist eigentlich eine sehr klare Form. Du bezahlst und bekommst die Leistung. Natürlich ist es nicht dasselbe, wie wenn Gefühle im Spiel sind. Und ja, natürlich gibt es da viel Elend und schlimme Biografien. Aber unter gewissen Umständen kann es eine Alternative sein.«

Isabella war fasziniert. Prinz hatte offenbar Erfahrungen in allen vier Feldern gesammelt. Sie überlegte, ob diese Kategorien etwas typisch Männliches waren, vor allem die letzte, kam aber rasch zu dem Schluss, dass es sich für Frauen genauso verhielt. Wenngleich der professionelle Markt zu 95 Prozent auf die Bedürfnisse von Männern ausgerichtet war.

»Wenn ich jetzt sage«, setzte Prinz fort, »es gibt die vier Formen in reiner, also kompromissloser Form, dann wären das S, E, M, P.« Prinz hielt einen Moment inne und malte auf einer anderen Serviette der Reihe nach die vier Buchstaben auf. »Dann gibt es natürlich auch noch die Mischformen«, führte er weiter aus, »auch wenn das die jeweiligen Partner nicht so gerne hören. Das wären dann E-M, E-P, E-M-P und M-P.« Wieder zögerte er. »Theoretisch gäbe es aber auch noch S-P, P-S, P-M und P-P. In Summe also…«, er unterbrach und begann stumm zu zählen, »genau zwölf Möglichkeiten zu leben.« Wieder lächelte er. »The dirty dozen«, sagte er, »das dreckige Dutzend.«

»Das ist sehr interessant«, sagte Isabella.

Dann nahm sie die erste Serviette mit den vier Quadraten und streckte ihre rechte Hand aus. »Gibst du mir kurz deinen Stift?«

Er reichte ihr den Fineliner.

Isabella strich die Serviette mit ihren Fingern glatt.

Sie malte eine Blume in die Mitte des viergeteilten Quadrats.

»Eine Eisblume?«, fragte Prinz.

»Vielleicht«, nickte Isabella. Es war spannend, dass er Beziehungen mit Kälte assoziierte. Aber immerhin hatten Eisblumen wunderschöne kristallene Formen. »Jedenfalls stellt sie dich dar.«

»Mich?« Prinz blickte sie ungläubig an.

»Ja, dich. Weil du in keinem der vier Felder wirklich zu Hause bist. Ich glaube, du kennst jedes in- und auswendig, aber du passt in keines.«

Prinz dachte lange nach. Isabella überlegte, ob sie sich mit ihrer Analyse zu weit vorgewagt hatte.

»Es gibt da einen Film«, sagte er schließlich. »Ein französischer Film. Mit Alain Delon, glaube ich. Vor Urzeiten einmal gesehen. Er spielt da einen Killer, der in einem leeren Apartment lebt. Außer ihm ist nur ein Vogel in einem Käfig da.« Er nahm einen Schluck Pils. »Am Anfang dieses Films steht ein japanisches Zitat. Ich weiß nicht mehr genau, wie es ging, aber ich glaube, es bedeutete, dass Samurais einsam sind. Jetzt bin ich kein Killer und schon gar kein Samurai. Aber etwas war in diesem Film. Mir war dieser Mann irgendwie vertraut, der in diesem leeren Raum lebte. Ich habe ihn verstanden.« Er sah sie an.

»Du bist ein Solitär«, sagte Isabella nun, »ein Einzelgänger.«

Prinz nickte langsam. »Ja«, sagte er zögernd, »wahrscheinlich hast du recht.« Er trank das verbliebene Pils in einem Schluck aus und straffte sich. Mit einem Mal wirkte er wieder voller Energie.

Ich weiß nie genau, woran ich an ihm eigentlich bin, dachte Isabella. Aus einem für sie unerklärlichen Grund war sie plötzlich traurig.

Prinz bemerkte ihren Stimmungswandel. »Was denkst du?«, fragte er.

Sie nahm sich vor, jetzt ganz offen zu sein. Zu sagen, was sie sich wirklich dachte. Auch wenn es Mut erforderte. Viel mehr Mut als eisschwimmen.

»Ich habe mich gefragt, ob ich gegen Agnes gewonnen habe wie jener Äthiopier, der nur deshalb als Sieger aus dem Wien-Marathon hervorgegangen ist, weil der schnellste Läufer die falschen Schuhe trug.«

»Derara Hurisa«, nickte Prinz, »ich erinnere mich. Seine Zeit war 2:09:22. Seine Laufschuhsohlen waren zehn Millimeter zu dick.«

Ihr Vergleich rang ihm sichtlich Bewunderung ab.

»Aber dann gewann Betesfa Getahun, obwohl er zwanzig Sekunden langsamer war. Mich quält das Gefühl, dass ich es nur einem Zufall verdanke, dass aus deiner Begegnung mit Agnes nicht mehr geworden ist. Es fühlt sich nicht wie ein Sieg an. Es ist ein Scheißgefühl.«

Prinz sah sie schweigend an.

»Ich bin froh, dass Agnes nicht gewonnen hat«, sagte er leise. »Dass ich jetzt mit dir hier sitze.«

Das ist das Schönste, das er je zu mir gesagt hat, dachte Isabella und genoss die zwischen ihnen entstandene Stille.

»Ich denke, es wäre jetzt Zeit für einen Sternwood«, sagte Prinz nach einer Weile.

»Ein Sternwood?« Isabella sah ihn fragend an.

»Ja«, sagte Prinz, »daran musste ich jetzt denken, da mir vorhin dieser Film eingefallen ist. Ich habe in London einmal jemanden getroffen, der die Drinks aus allen Filmen kannte. Der eine Schauspieler trank dieses in dem Film, der andere das und so weiter. Der persönliche Lieblingsdrink dieses Filmdrink-Experten war ein sogenannter Sternwood, Champagner mit einem Schuss Brandy oder Whisky.«

»Klingt verlockend«, sagte Isabella mit leichter Vorfreude, »und warum heißt er Sternwood?«

»Weil in einem bekannten Film, mir fällt der Name jetzt nicht ein, in diesem Film heißt ein Mann Sternwood. Er erklärt, dass er Whisky immer am liebsten mit Champagner getrunken hat. Also nannte mein Bekannter in London den Drink Sternwood. Ich hab das dann zum Spaß einmal selbst probiert, und es schmeckt tatsächlich nicht schlecht.«

Isabella fühlte sich mit einem Mal wunderbar. Die Traurigkeit war weg, es passte wieder alles zwischen ihnen, nur dass sie wusste, dass er ihr wichtiger war, als sie zuvor gedacht hatte. Sie freute sich darauf, mit Prinz diesen Sternwood zu trinken.

Stefan kam an ihren Tisch und Prinz bestellte die Drinks. Offenbar hatte Prinz Sternwoods hier zuvor noch nie bestellt, denn Isabella bemerkte eine kaum merkliche Überraschung im Gesicht des Barkeepers.

Der Sternwood leuchtete in einem hellen Tabak und moussierte leicht. Prinz bestellte noch Eis. »Ich finde, dieser Drink muss eiskalt sein. Am besten on the rocks.« Vorsichtig bugsierte er je drei Eiswürfel in Isabellas und sein Glas. Isabella nahm einen kleinen ersten Schluck. Es schmeckte wunderbar. Das Prickelnde des Champagners mischte sich mit der Stärke des Whiskys. Ein fantastischer Drink, aber auch gefährlich, wie Isabella dachte. Sie musste lächeln.

»Was ist?«, fragte Prinz.

»Nichts«, erwiderte Isabella beschwingt, »ich dachte nur eben, dass der Drink wundervoll ist, aber auch gefährlich. Zu viele davon darfst du nicht trinken, sonst siehst du selbst Sterne.«

Prinz lachte. »Da hast du recht.« Er sah auf die gläserne Schale mit den Eiswürfeln. »Weil ich das Eis jetzt hier sehe«, sagte er. »Ich gehe am Wochenende eisschwimmen.«

Isabella sah ihn an. Er meinte das offenbar wirklich ernst. »Eisschwimmen? Ich könnte mir das beim besten Willen nicht vorstellen.«

Prinz lächelte. »Du solltest es einmal versuchen«, erklärte er, »du fühlst dich nachher wie neugeboren.«

Isabella sagte nichts. Da kannst du lange warten, dachte sie, niemals mache ich das, niemals.

»Was hältst du von einer kleinen Wette«, sagte Prinz und nahm einen Schluck Sternwood. »Wenn wir aus der Bar kommen und es regnet, dann fährst du mit mir an den Attersee, und wir gehen eisschwimmen. Du kannst danach in meiner Hütte gleich heiß duschen.«

Isabella musste schmunzeln. »Und wenn es nicht regnet?«

Prinz lächelte ebenfalls. »Eine Flasche Champagner und ein Essen deiner Wahl.«

Isabella schlug ein. Es ging nicht um den Champagner oder das Essen, aber der kleine Kitzel der Wette gefiel ihr. Außerdem war es wolkenlos gewesen, als sie das *Bristol* betreten hatte. Es war also äußerst unwahrscheinlich, dass sie die Wette verlor.

In diesem Moment kam ein junges Paar zur Tür herein, und der Mann reichte Stefan einen völlig durchnässten Trenchcoat. Das Wasser tropfte auf den Teppich mit dem Leopardenmuster. »Sauwetter«, hörte Isabella den Mann sagen, »ich weiß nicht, früher hat es nicht so heftig geregnet.«

Prinz grinste. »Ich kenne ein Geschäft, da haben sie fabelhafte Bikinis«, sagte er.

Na warte, dachte Isabella und fragte sich, ob Prinz auch als Regenmacher gearbeitet hatte. Diese Runde geht an dich, aber täusch dich nicht, wir sind noch nicht fertig.

»Einen Bikini wollt ich mir ohnehin schon länger kaufen«, sagte sie selbstbewusst und nahm einen großen Schluck Sternwood.

24

Der See lag wie versteinert vor ihnen. Selbst im Winter hatte er eine tiefblaue Farbe, auch wenn dieses Blau aus der Ferne etwas dunkler war als das berühmte azurfarbene Blau des Wassers im Sommer. Sie gingen die leicht abfallende Wiese vor dem Haus zu einem ungefähr zehn Meter in den See hineinragenden Holzsteig hinab.

»So«, sagte Prinz, »herrliches Badewetter!«

Das ist das Verrückteste, was ich jemals gemacht habe, dachte Isabella.

Das eisige Blau des Sees ließ sie bereits jetzt frieren. Dabei hatte sie jetzt noch ihren Mantel an. Bei Prinz verhielt sich das anders. Er hatte Mantel und Sakko bereits abgelegt und knöpfte in einer für Isabella nicht nachvollziehbaren Gelassenheit sein Hemd auf. »Mit dem Mantel geht das Schwimmen ein bisschen schwerer«, sagte Prinz mit einem Lächeln.

Isabella entschied sich in letzter Minute, nicht zu sagen, was sie dachte. Sie atmete einmal tief durch, dann streifte sie ebenfalls ihren Mantel ab und zog ihre Bluse aus. »Wenn schon, dann wenigstens schnell«, dachte sie. »Je schneller ich da drinnen, und vor allem wieder draußen bin, umso schneller habe ich das überstanden«, beschloss sie für sich. Sie hatte sich für einen gelben Bikini entschieden, den sie bereits unter der Bluse trug. Prinz' Entscheidung war auf eine schwarze, mattglänzende Badehose im Boxershort-Format gefallen.

Zu ihrem eigenen Erstaunen fror Isabella in ihrem Bikini nicht viel mehr als zuvor angezogen mit Mantel. Prinz reichte ihr eine graue, halbkreisförmige Wollhaube.

»Merinowolle«, sagte er, »setz sie auf! Du verlierst achtzig Prozent deiner Körperwärme über den Kopf. Mit der Haube kannst du ein paar Minuten länger schwimmen«, sagte er und grinste.

»Danke vielmals«, seufzte Isabella verzweifelt, und stülpte die Haube über. »Wir steigen jetzt diese Leiter einfach in den See hinab. Am besten du kommst mir nach und machst genau das, was ich mache.« »Gut«, sagte Isabella und merkte, dass ihr jetzt doch kalt wurde.

Prinz stieg mit einer nahezu aufreizenden Selbstverständlichkeit die hölzernen Treppen in den wenige Grad kalten See hinab. Als er offensichtlich Grund unter den Füßen hatte, rief er ihr zu, sie solle ihm jetzt nachkommen. »Es ist nicht sehr tief hier«, sagte er, »vielleicht einen halben Meter. Das ist gut, so kannst du dich an das Wasser gewöhnen. Wir gehen dann ein paar Schritte nach links, und dann…« Er brach ab. »Na, das siehst du dann schon.«

Wieder gab sich Isabella einen Ruck und stieg Sprosse um Sprosse die Leiter hinab. Zu ihrem Bedauern waren es nicht sehr viele Sprossen. Als sie mit dem rechten Fuß erstmals in den See tauchte, überlegte sie für einen Moment, das Ganze abzubrechen. Das Wasser kam ihr noch kälter vor, als sie es sich in ihren schlimmsten Befürchtungen vorgestellt hatte. Dennoch zwang sie sich, weiter hinabzusteigen, etwas gegen jede Vernunft zu tun. Schließlich spürte sie den weichen, mit einigen kleinen, aber runden Steinen durchzogenen Grund unter ihren Zehen. Jetzt verwandelte sich das Wasser in eine Heerschar winziger Nadeln, die sie alle in ihre Waden, Knie, Schienbeine und Füße stachen. Prinz tauchte mit der rechten Hand in das Wasser und benetzte damit den Oberkörper. Anschließend versenkte er einmal den rechten Arm und dann den gesamten linken Arm in dem jetzt in der hervorkommenden Wintersonne glitzernden Blau. »Das Schlimmste ist überstanden«, sagte er, »mach es mir einfach nach.«

Ich kann nicht, dachte Isabella, wollte sich jedoch keine Blöße geben, und mehr aus Wut denn aus Trotz oder gar Willen versenkte sie ebenfalls beide Arme im See. Zu ihrer Überraschung war diese Erfahrung bei weitem nicht mehr so unangenehm wie das Hinabsteigen über die Leiter.

»Jetzt gilt's«, sagte Prinz, ging noch zwei Schritte weiter in den See hinein und begann dann mit langsamen Tempi zu schwimmen. »Komm!«, rief er, »Du hast es praktisch schon geschafft!«

Isabella atmete erneut durch und ging ebenfalls nach vorne. Mittlerweile verspürte sie weder Wut noch Ärger, und auch die Kälte war für einen Moment ausgeklammert. In ihr überwog jetzt vor allem die Neugier. Sie war bereits so weit in den See hineingegangen, jetzt wollte sie auch schwimmen. Jetzt wollte sie wissen, wie Eisschwimmen wirklich war.

Als sie mit ihrem ganzen Körper im Wasser war, und nur noch ihr Kopf mit der Haube die Wasseroberfläche überragte, fühlte sie noch einmal, wie eine mächtige Kältewelle ihren ganzen Körper durchdrang. Alles wurde langsamer. Ihre Bewegungen wurden langsamer, aber es kam ihr vor, dass auch ihr Denken langsamer wurde. Es war, als würde sie eine Figur in einem Film darstellen, der in Zeitlupe ablief. Prinz war etwas weiter draußen, kehrte aber bereits wieder um. Etwa zwanzig Meter hinter ihm konnte Isabella einen weißen Schwan entdecken, der völlig unbeeindruckt von den beiden Eindringlingen seine Bahnen zog. »Noch drei, vier Tempi«, rief ihr Prinz zu, »und dann gehen wir wieder raus. Wir wollen es nicht übertreiben beim ersten Mal. Alles klar?«

»Ja«, antwortete Isabella knapp. Sie hatte sich jetzt in ihrer Zeitlupenwelt eingelebt und schwamm nach weiteren drei Tempi ebenfalls wieder zum Steg. Zu ihrer Überraschung wurde ihr plötzlich warm. Mit einem Schlag war ihr nicht mehr kalt. Und obwohl sie sich beim besten Willen nicht erklären konnte, warum das so war, wunderte es sie nicht. Schließlich erreichte sie den Steg. »Einfach langsam hinaufgehen!«, rief ihr Prinz zu. »Handtücher und Bademäntel liegen oben. Am besten, du trocknest dich sofort ab, ziehst den Bademantel über und gehst direkt ins Haus. Warte nicht auf mich, ich komm gleich nach.«

»Ja«, sagte Isabella und dachte, was soll ich denn deiner Meinung nach sonst tun? Sie erklomm die hölzerne Leiter, und als sie wieder in der Wintersonne das Holz des Stegs unter ihren Füßen spürte, sah sie, wie ihr ganzer Körper dampfte. Sie fühlte sich mit einem Mal wie elektrisiert, so als wäre jede Zelle ihres Körpers runderneuert, aufgeladen mit hochdosierter Energie. Es war ein herrliches Gefühl. Sie schloss die Augen und verspürte nicht das geringste Bedürfnis, nach dem Handtuch zu greifen. »Ich weiß, es ist schön«, tönte es von hinten, »von mir aus bleib noch zwei Sekunden stehen, aber dann trockne dich wirklich ab. Das ist wichtig, du kühlst sonst aus.«

»Aye, aye, Sir«, murmelte Isabella und nickte. Schließlich griff sie nach dem Handtuch, trocknete sich ab und zog den Bademantel aus grober Baumwolle über. Auch das Abtrocknen war eine fantastische Erfahrung. Und Isabella fühlte sich wie nach einem Ganzkörperpeeling, so rein wie schon seit Jahren nicht mehr. Ohne Hast ging sie zum Haus.

Es war spartanisch eingerichtet, verströmte aber eine skandinavische Gemütlichkeit. Im offenen Kamin lagen ein paar Buchenholzscheite. Sie erinnerten Isabella an den Funken, der jedes Jahr in ihrem Dorf angezündet wurde, um den Winter zu vertreiben. Später im Schein des knisternden, warmen Feuers auf der dunkelroten Couch zu liegen und vielleicht einen japanischen Whisky zu trinken, das stellte sich Isabella romantisch vor, aber Prinz war wohl nicht der richtige Mann für Romantik. Ihr war kalt.

Der Eisschwimmer war inzwischen eingetroffen und direkt im Badezimmer verschwunden. »Du musst heiß duschen«, hörte sie ihn rufen. »Okay!«, murmelte sie und verspürte einen wohligen Schauer. Sie hatte sich vielleicht noch nie so lebendig gefühlt wie in diesem Moment.

Isabella streifte ihren Bademantel ab und folgte Prinz in die Dusche.

Unter dem Strahl des heißen Wassers schmiegten sich ihre ausgekühlten Körper aneinander, suchten begierig Wärme und Halt. Knie und Schenkel berührten sich, Hände drangen weiter vor, Lippen und Zungen waren eins, das heiße Wasser floss unaufhörlich in alle ihre Poren. In der Sprache ihrer Kindheit gab es für »lieben« kein Wort. »Ich liebe dich« konnte man nicht sagen. Nur denken oder fühlen.

Prinz presste sie härter gegen die Mauer der Dusche, noch härter, es gab jetzt keine Grenze mehr zwischen ihren Körpern, seine Finger schlossen sich um ihre, er drückte so fest zu, dass Lust und Schmerz verschmolzen. In Isabella war es mit einem Mal ganz still.

»Alles gut«, sagte Prinz und löste sich aus der Umarmung. Dampfend schritt er zur Tür des Badezimmers, an deren Innenseite an einem Haken die zwei weißen Bademäntel hingen. »Komm!« Er reichte ihr den einen Mantel, zog sich selbst den anderen über und verließ ohne jede Hast das Bad. Die Türe ließ er offen.

Isabella fühlte den Stoff der groben Baumwolle auf ihrer von Kälte und Hitze aufgeladenen Haut und atmete einmal tief ein und aus. Sie fühlte sich unglaublich lebendig, von einer nie gekannten Energie, bis in jede Zelle aufgeladen. In dem Raum neben dem Bad hörte sie Prinz mit Gläsern, Brettern oder etwas ähnlichem hantieren. Zumindest klang es so. Sie öffnete die Tür, es war die Küche. Sie war klein, auf das Allernotwendigste beschränkt. Prinz schnitt auf einem Holzbrett ein Fischfilet in Streifen. Neben ihm stand eine Karaffe aus geschliffenem Kristall, die eine bernsteinfarbene Flüssigkeit enthielt. »Kaltgeräucherter Saibling aus dem Attersee«, sagte er, ohne aufzublicken, mit einem Lächeln, und träufelte den Saft einer aufgeschnittenen halben Limette über das dunkelrot-rosafarbene Fleisch. »Fantastisch«, sagte Isabella und deutete mit dem rechten Zeigefinger auf die Karaffe. »Und das?«, fragte sie.

»Hibiki«, sagte Prinz, »japanischer Whisky. Blended. Du wirst ihn lieben.« Er lächelte nochmals. »Wir haben auch Eis.«

Isabella betrachtete das Stillleben von Fisch und Whisky vor sich und verspürte mit einem Mal unbändigen Hunger. Prinz nahm das Holzbrett mit dem aufgeschnittenen Saibling und stellte es auf den Tisch des dritten und letzten Raums der Hütte. Er schmiss ein paar kleine Holzscheite in den offenen Kamin, entzündete mit einem großen

Streichholz ein Papierknäuel und warf es gekonnt in die Mitte des anscheinend nur auf die Flammen wartenden getrockneten Holzes. Er bückte sich nochmals und drückte Isabella zwei etwas größere Scheite in die Hand. »Wirf die bitte nach, wenn die kleinen Scheite, die Sprisseln, wirklich brennen.« Mit diesen Worten verschwand er wieder in der Küche.

Isabella beobachtete fasziniert, wie die züngelnden Flammen in dem Kamin sich ihren Raum suchten. Als das Feuer eine gewisse Kraft erreicht hatte, platzierte sie vorsichtig die zwei Scheite. Feuer hatte sie immer fasziniert.

Aus der Küche waren mit einem Mal klopfende Geräusche zu vernehmen. Isabella ging hinüber und sah Prinz, wie er mit einem Meißel einen Eisklumpen zerkleinerte. »Ich finde zerstoßenes Eis besser als Eiswürfel«, sagte er. Mit einem Handstreich wischte er die Eissplitter von dem Brett in eine vorbereitete, weiße Keramikschale. »Kannst du bitte die Karaffe nehmen?«, bat er Isabella und griff zu zwei schlichten Gläsern.

In der Stube hatte sich mittlerweile eine Wärme ausgebreitet, die nur offenes Feuer erzeugen kann. Prinz goss in beide Gläser etwas von der bernsteinfarbenen Flüssigkeit und füllte ein Glas zusätzlich mit dem eben geschlagenen Eis. »Wir essen mit den Fingern«, sagte er.

Isabella nahm ein etwas größeres Stück des roten Filets und biss hinein. Es schmeckte unglaublich intensiv. Nach frischem Fisch, nach Rauch, aber auch nach Eis. Sie trank einen Schluck Whisky, der wunderbar mit dem vorhergehenden Geschmack harmonierte und ihren ganzen Körper langsam mit Wärme durchzog.

»Cheers!«, sagte Prinz und nahm selbst einen großen Schluck. Er wirkte jetzt auf eine Art und Weise entspannt, wie ihn Isabella zuvor noch nie gesehen hatte. Er sagte nichts, aber Isabella hatte das sichere Gefühl, dass das jetzt so richtig war. Es passte einfach alles.

Später lagen sie nackt nebeneinander auf dem Bett.

»Zigarette?«, fragte Prinz.

»Du rauchst?« Isabella war erstaunt. Sie hatte mit dem Rauchen aufgehört, als sie mit ihrem ersten Sohn schwanger gewesen war.

»Manchmal«, nickte Prinz, »in ganz speziellen Situationen.«

Er griff zum Knopf des Nachtkästchens und holte rote Marlboro und Zündhölzer aus der Schublade. Mit Daumen und Mittelfinger nahm er zwei Zigaretten aus der Packung. Er zündete beide an und reichte eine davon Isabella.

Sie spürte nun die Sucht nach Nikotin, die sie so lange unterdrückt hatte, wieder ganz deutlich. Sie sogen gierig an ihren Zigaretten, inhalierten tief und bliesen den Rauch an die Decke.

»Wusstest du, dass Wasser lebt und die Fähigkeit hat, Gefühle und Informationen aufzunehmen?«, fragte Prinz nun.

»Ich habe mal davon gelesen«, nickte Isabella. »Und komischerweise musste ich heute, beim Eisschwimmen mit dir, daran denken.«

»Masaro Emoto«, sagte Prinz nur. Der japanische Wissenschafter hatte als Erster die biophysikalischen Eigenschaften des Wassers untersucht und anhand von sich bildenden Kristallen sichtbar gemacht.

»Was das Wasser des Sees wohl für eine Botschaft in sich trug?«, fragte Isabella.

Prinz sagte nichts mehr.

Isabella war plötzlich sehr durstig. Sie ging in die kleine Küche und füllte ein Glas mit frischem Leitungswasser. Sie trank es in einem Zug aus, schenkte noch ein Glas ein und trank es wieder leer. Ihr ganzer Körper dürstete nach Wasser. Isabella stellte sich vor, dass jetzt unsichtbare Kristalle ihre Zellen belebten.

Als sie sich wieder zu Prinz legte, hatte er die Augen geschlossen und atmete tief und ruhig. Ohne aufzuwachen, wandte er sich Isabella zu und legte seine Hand auf ihren Bauch. Sie schlief sofort ein.

24

Das *Shiki* galt als das beste japanische Restaurant Wiens, oder besser gesagt Österreichs, und brauchte auch sonst keinen Vergleich zu fürchten. Wahrscheinlich würde es auch in Tokio bestehen, hatte es doch ein Japaner gegründet, dessen Eltern in den Siebzigerjahren nach Österreich gezogen waren, um ihren Kindern eine »internationale Erziehung«, wie das damals hieß, angedeihen zu lassen. Das Wort »shiki« stand im Japanischen sowohl für »dirigieren« wie auch für »vier Jahreszeiten«, wie Isabella herausgefunden hatte, und das machte Sinn, war sein Gründer Jōji Hattori doch selbst Dirigent und hatte die halbe Weltelite der Dirigentenszene bereits in dieses, sein Restaurant eingeladen.

Schon von außen ließ das *Shiki* auf etwas Besonderes schließen und leuchtete geheimnisvoll in einem dunklen schwarz-roten Licht. Es lag in der Krugerstraße, unweit von der Wiener Staatsoper. Isabella freute sich auf dieses Abendessen, zu dem sie Prinz eingeladen hatte, und auf die Raffinesse der Speisen, die in einem Restaurant wie diesem zu erwarten war.

Innen enttäuschte es ebenfalls nicht die von außen geweckten Erwartungen. Es beeindruckte mit einem unaufdringlichen Purismus und einem angenehm gedimmten Licht, das die Holzwände und die Tische umspielte. Isabella wurde an einer Bar mit Teppanyaki-Grill vorbei in den sogenannten Fine-Dining-Bereich geführt, in dem Prinz an einem der Tische bereits wartete. Er trug einen hellgrauen Anzug mit blauem Hemd ohne Krawatte. Als sie sich setzte, nickte er ihr lächelnd zu und reichte ihr ein einseitig beschriebenes Blatt mit einer Menüabfolge. Im Fine-Dining-Bereich wurden ausschließlich siebengängige Menüs serviert. Es gab noch eine vegetarische Version der Speisenabfolge, ansonsten jedoch keine Wahlmöglichkeit, außer jemand litt an Allergien, dann wurde ein Gang umgestellt.

»Das ist angenehm«, sagte Prinz, »du brauchst nicht zu denken.«

Isabella sah wieder auf die Karte. Mit den Getränken verhielt es sich offensichtlich genauso. Es gab die Möglichkeit der großen Weinbegleitung, bei der zu jedem Gang der passende Wein serviert wurde, oder die große Sakebegleitung, bei der der passende Sake zu jeder Speise serviert wurde.

»Warum nimmst du nicht die Weinbegleitung, und ich nehme den Sake?«, schien Prinz wieder einmal ihre Gedanken zu erraten. »Wir können dann ja einfach auch manchmal gegenseitig probieren.

»Eine fabelhafte Idee«, fand Isabella, und sie gaben die Bestellung auf. Nach dem Gruß des Hauses, einer »kleinen Bastelarbeit«, wie die Kellnerin die Vorspeise nannte, bei der aus Reis, Goldbrassenmousse und Algen Sushis von ihnen selbst gefertigt werden mussten, startete der erste Gang mit einem hauchdünn geschnittenen Goldmakrelen-Carpaccio. Dazu wurde ein kräftiger Weißwein aus dem Elsass für Isabella und ein trockener gekühlter Sake für Prinz serviert. Zu jeder der nachfolgenden Speisen gab es umfangreiche Erläuterungen über die Zutaten und die Herkunft. Die Portionen waren stets klein, wie Kunstwerke drapiert, und entfalteten jeweils eine Geschmacksexplosion. Meeresfrüchte wie Contemporary Sushi wechselten mit kleinen Fleischgerichten wie fein aufgeschnittenem Maishuhn in einer dunklen Sauce mit einem Geschmack, den Isabella bisher nicht gekannt hatte, ab.

»Wie bist du auf dieses Lokal gekommen?«, fragte Isabella.

»Empfehlung. Ein Geschäftspartner aus Japan. Für ihn ist dieses Lokal das beste japanische Restaurant der Stadt – und eines der besten japanischen weltweit. Der Besitzer hat übrigens ein Buch geschrieben. Ich habe reingelesen, interessant.«

»Interessiert dich nur das japanische Essen und der Sake oder das Land auch?«

»Natürlich nur der Sake«, sagte Prinz ohne jedes Lächeln. »Nein, im Ernst«, setzte er nach, »der japanische Whisky auch.«

Isabella schätzte, dass zehn lange Sekunden vergingen, ehe sich ein breites Grinsen durch sein Gesicht zog. »Ist natürlich Blödsinn«, sagte Prinz, »mich interessiert tatsächlich alles an Japan. Nicht nur das Essen. Oder das Trinken. Obwohl beides fantastisch ist. Nein, mich haben schon als Kind die Samurai fasziniert, die Kultur, die Lebensart – einfach alles. Während meines Studiums war ich kurz mit einer Japanerin zusammen. Sie hat mir ein paar Haikus beigebracht. Kennst du Haikus?«

Isabella nickte. »Habe davon gehört«, log sie.

»Es sind kurze Gedichte«, erklärte Prinz, »nur ein paar Wörter, immer drei Strophen. Das berühmteste geht so: »Alter Teich – Frosch springt – Wasser hallt.« Basho, ein ehemaliger Samurai, der ein Mönch wurde, hat es gedichtet. Wenn der Teich alt ist, dann ist das Jahr alt, aber um diese Zeit springen keine Frösche. So gesehen ist dieses Haiku ein *Koan*, eine Schilderung, um den Verstand zu brechen. Einer der berühmtesten *Koans* lautet: »Wie klingt das Klatschen mit einer Hand«?« Prinz sah auf. »Aber ich rede viel zu viel.«

»Nein, gar nicht«, sagte Isabella schnell, »ich finde das spannend. Sehr sogar. Und du – was glaubst du, wie das Klatschen mit einer Hand klingt?«

Prinz grinste. »Keine Ahnung.« Er nahm einen Schluck Sake. »Vielleicht wie der hüpfende Frosch im Winter«, sagte er. Isabella lachte. »Nicht schlecht.«

Prinz schüttelte den Kopf. »Lass uns lieber von Geld reden. Das ist etwas handfester.« Er sah auf die bemalte Decke des Lokals. »Obwohl«, zögerte er und lachte kurz, »manchmal ist gerade Geld nichts Handfestes.«

Isabella wollte den nächsten Gang noch abwarten, um sich dann die Lippen mit *Chanel N°444* nachzuziehen. »Wie meinst du das?«, fragte sie.

»Kennst du Bitcoin?«, fragte Prinz.

Isabella nickte. »Wer kennt nicht Bitcoin?«, fragte sie rhetorisch. Sie wusste, dass es eine sogenannte »Kryptowährung« war und dass diese Währung oder was immer es auch sein sollte, in den letzten Monaten stark im Wert gestiegen war. Das war es aber dann auch schon.

»Es ist eine Kryptowährung«, holte Prinz aus, »oder besser gesagt, ein Krypto-Asset. Mittlerweile gibt es Tausende dieser Krypto-Assets, und eines davon wird wahrscheinlich das neue Bitcoin werden. Ich kenne jemanden in dieser Szene, jung, sehr smart.«

Isabella lächelte. Und gutaussehend, hast du vergessen, dachte sie.

»In jedem Fall«, setzte Prinz fort, »hat mir diese Spezialistin erzählt, dass der Erfinder von Bitcoin, Satoshi Nakamoto, bereits tot ist.«

Isabella runzelte die Stirn. Ein Krypto-Girl also, dachte sie.

»Woher weiß sie das? Und wer ist dieser Nakamoto? Ein Japaner?«

Prinz zuckte mit den Achseln. »Das weiß eben keiner. Satoshi Nakamoto ist ein Phantom, ein Kunstname, es kann auch leicht sein, dass sich dahinter mehrere Personen verbergen. Tatsache ist, wer auch immer Nakamoto ist, dass dieser Nakamoto Bitcoin erfunden hat und in einem sogenannten white paper, also einer Art Gründungsprotokoll festgelegt hat, dass es nie mehr als 21 Millionen Bitcoin geben wird.«

Isabella sah, dass sich die Kellner für einen weiteren Gang bereit machten. »Interessant«, sagte sie, »und deine Spezialistin, wie du sie nennst, glaubt jetzt, dass er oder sie tot ist.«

Prinz nickte. »Genau. Es gibt allerdings Gerüchte, dass er sein Gehirn hat einfrieren lassen.«

Isabella konnte ein Lachen nicht unterdrücken. »Sein Gehirn einfrieren?«

Prinz blieb ernst. »Hat Walt Disney auch gemacht. Die Idee dabei ist, dass die Medizin irgendwann in der Zukunft so weit ist, dass sie dein Gehirn in einem fremden Körper wieder reaktivieren kann. Walt Disney war der Meinung, seine Ideen seien zu wichtig für die Menschheit, um verloren zu gehen.«

Isabella sah ihn an. »Und Nakamoto glaubte das auch.«

Prinz nickte. »Genau«, sagte er, »aber es ist nur ein Gerücht.«

Ein neues Kunstwerk wurde ihnen serviert, dazu neuer, noch besserer Wein und Sake. Nun kam eine der Kellnerinnen mit einer grünen Wurzel und einem Holzbrett an ihren Tisch. »Etwas frisch geriebenen grünen Kren?«, fragte sie.

Beide nickten. »Wasabi. Wird auch der Trüffel Japans genannt«, lächelte die Kellnerin und hobelte die Wurzel anscheinend mühelos auf dem mitgebrachten Brett ab.

»Was ist das für ein Brett?«, fragte Isabella.

»Es ist ein Brett mit einem Stück aufgenagelter Haifischhaut«, erklärte die Kellnerin. »Die Haut eines Hais ist so rau, dass sie wie ein feines Schmirgelpapier wirkt.«

Isabella war fasziniert. »Sehr interessant«, sagte sie und dachte, ob es nicht verwerflich sei, eine Haifischhaut als Raspel zu verwenden. Bilder von Haien mit abgeschnittenen Flossen kamen ihr in den Sinn. Sie hatte einmal über das Grauen des sogenannten »Finning«, bei dem Haien bei lebendigem Leib die Flossen abgeschnitten wurden, berichtet und war seither eine aktive Gegnerin dieses aus ihrer Sicht völlig sinnlosen grausamen Gemetzels. In diesem Fall war es allerdings nur ein Stück Haut, das von einem mit ziemlicher Sicherheit bereits toten Tier stammte und keine perverse angebliche Delikatesse wie eine Haifischflossensuppe, beruhigte Isabella sich selbst.

Das frisch geriebene Wasabi schmeckte fantastisch. Mittlerweile waren sie beim vorletzten Gang angekommen.

»Hast du die Hubert-Scheibl-Ausstellung in der Albertina gesehen?«, fragte Prinz unvermittelt.

»Nein, leider noch nicht«, antwortete Isabella wahrheitsgemäß. »Aber ich würde sie mir gerne ansehen.«

Prinz nickte. »Solltest du unbedingt machen.« Er nahm einen Schluck Sake. »Als ich dreißig war, habe ich ein bisschen nebenbei mit Kunst gehandelt. Nichts Großes. Eines meiner ersten Objekte damals war eine Zeichnung von Scheibl. Als ich gesehen habe, dass er jetzt eine Ausstellung in der Albertina hat, bin ich zwischen zwei Terminen kurz hin. Ich hatte nicht genug Zeit, konnte mir nur ein paar Bilder ansehen, darum habe ich mir das Buch zur Ausstellung gekauft.«

Prinz legte die Stäbchen exakt parallel auf die Serviette. »Und in diesem Buch«, setzte er fort, »beschreibt Scheibl, dass Hokusai, der berühmte japanische Maler, einen Fluss mit Herbstblättern malen wollte. Um den Zufall der Position der Blätter möglichst genau zu treffen, ließ er einen Hahn in rote Farbe steigen und über den zuvor gemalten Fluss gehen. Der Hahn ging einige Male hin und her und erzeugte genau den Effekt der zufällig im Fluss treibenden roten Herbstblätter.« Prinz legte eines der Stäbchen quer zum anderen. »Scheibl meint nun, du musst in der Kunst den Zufall zu deinem Verbündeten machen.« Er legte das Stäbchen nun in einen spitzen Winkel zum anderen. »Ich finde das faszinierend«, sagte er.

»Du musst unbedingt nach Japan«, sagte Isabella.

Prinz nickte. »Wahrscheinlich hast du recht«, sagte er. In diesem Moment kam der Kellner mit dem Dessert.

»Wir müssen übrigens nicht weit gehen«, sagte Prinz nach dem letzten Löffel Nuss-Wasabi-Eis, »ich habe eine Suite im Hotel Sacher reserviert.«

»Das ist wirklich nicht weit«, strahlte Isabella.

25

»Ladies«, schrieb Isabella am nächsten Morgen an Kathi, Johanna und Carola. »Zeit für ein Treffen! Was haltet ihr von einem Frühstück am Naschmarkt? Samstag, 10.10 Uhr bei Tewa?«

Isabella musste nicht lange warten. »Ausgezeichnet!« und Daumen-hoch-Emojis kamen innerhalb von zehn Minuten zurück. »Perfekt«, schrieb Isabella zurück, »ich reserviere!«

Das *Tewa* lag direkt am Naschmarkt, ungefähr auf der Höhe des Cafés *Drechsler*. »Tewa« war Hebräisch und bedeutete »Natur«, sowohl die regionalen als auch internationalen Produkte, die dort verarbeitet wurden, stammten aus biologischer Landwirtschaft. Eröffnet hatte das Lokal der Sohn des weltberühmten Pantomimen Samy Molcho.

Im *Tewa* gab es ein sogenanntes »orientalisches Frühstück«, bei dem Hummus mit warmen Wachtelbohnen, Chili und gehacktem Koriander zu Fladenbrot, Kaffee und Mango-Lassi serviert wurde. Es wärmte von innen und schmeckte wunderbar.

Isabella war bereits zwanzig Minuten vor der vereinbarten Zeit im Lokal. Sie genoss die Atmosphäre des gerade erwachenden Naschmarkts, das Markttreiben und den blauen Himmel, der sich über der schmalen Gasse zwischen den Lokalen und Ständen spannte. Das *Tewa* hatte integrierte Heizstrahler installiert, sodass man auch Anfang Dezember noch im Freien sitzen konnte. Es war noch genug Zeit, um vorab einen kleinen Espresso ganz in Ruhe zu trinken. Isabella freute sich auf dieses Treffen, und vor allem war sie auch neugierig, wie ihre besten Freundinnen die Sache mit Prinz von außen sahen. Sie selbst empfand die Erfahrungen der letzten Wochen als außergewöhnlich. Aber vielleicht waren sie das gar nicht. Vielleicht war alles ganz anders.

Isabella hatte nicht zuletzt durch Tausende Interviews und persönliche Gespräche die Erfahrung gemacht, dass Eigen- und Fremdbild selten übereinstimmten. Deshalb stand eine bisher nicht gekannte Anspannung vor dem Treffen mit den ihr so vertrauten besten Freundinnen im Raum.

Es war nicht so, dass sie sich so häufig trafen, zumindest nicht in den vergangenen Jahren. Aber sie kannten einander eine gefühlte Ewigkeit, und waren einander in einer Weise nahe, dass sie jedes Mal, wenn sie sich nach Monaten wiedersahen, das Gefühl hatten, als hätten sie sich erst gestern das letzte Mal getroffen. Gerade als Isabella den letzten Schluck ihres Espressos nahm, bog Kathi um die Ecke. Isabella winkte ihr zu und musste automatisch lächeln. Wie immer elegant, ganz in Schwarz, näherte sie sich Isabellas Tisch. »So eine geniale Idee«, schwärmte sie. »Frühstücken waren wir ewig nicht mehr! Und dann auch noch hier. Tewa, ich kenn das gar nicht.« Sie umarmten einander.

»Du musst das orientalische Frühstück versuchen«, sagte Isabella, »es ist wirklich unglaublich. Aber warten wir noch auf Johanna und Carola.«

»Natürlich«, sagte Kathi. »In der Zwischenzeit kannst du mir schon einmal alles erzählen.« Sie grinste.

»Sicher nicht«, sagte Isabella, »obwohl es da natürlich einiges gibt.«

»Gemein wie immer«, erwiderte Kathi und lachte.

Die Kriminalpsychologin, die so viele Menschen durchschaut hatte, aber bei Männern bisher von überschaubarem Glück gesegnet war, setzte sich rechts von Isabella, sodass die Sonne einen Teil ihres Gesichts wärmte. Isabella setzte gerade zu einer Frage an, da hörte sie die vertrauten Stimmen von Carola und Johanna.

»Tewa, israelisch«, sagte Johanna, als die beiden Isabellas Tisch erreicht hatten. »Das erinnert mich sogar ein bisschen an Tel Aviv.«

Da kommt wieder die Reisejournalistin in ihr durch, dachte Isabella und umarmte sie. »Grandiose Idee mit dem Frühstück«, sagte Johanna. »Ja, wirklich«, pflichtete ihr Carola bei und nickte heftig. »Und dann noch an einem solchen Tag. Wir können sogar im Freien sitzen. Wie bist du auf das gekommen?«

»Das war rein zufällig. Ich habe manchmal in dem anderen Lokal gegenüber schnell gefrühstückt, wenn ich in der Gegend war. Beim letzten Mal war alles voll, und ich bin in das Tewa ausgewichen. Seit ich hier das Orientalische Frühstück gekostet habe, ist dieses Lokal für mich ein Fixstarter.«

»Da bin ich aber schon sehr gespannt«, sagte Carola, und nahm gegenüber von Kathi Platz. Johanna setzte sich auf die Bank links neben Isabella.

Isabella gab der gepiercten, schätzungsweise zwanzigjährigen Kellnerin ein Handzeichen. Carola, deren Glück bei Männern auch enden wollend gewesen war, und die nunmehr ein mehr oder minder lustiges Witwerinnen-Dasein fristete, sah ausgesprochen gut aus, wie Isabella fand.

»Was derf's denn sei?«, fragte die Kellnerin in breitem Oberösterreichisch.

»Wärt ihr einverstanden, wenn wir alle den Hummus mit den Wachtelbohnen nehmen?«, fragte Isabella in die Runde.

»Das geht gar nicht mehr anders«, stellte Kathi mit gespieltem Ernst fest. »Nach all dem, was du uns vorgeschwärmt hast, müssen wir es sogar nehmen.« Wenn das Bohnen-Hummus-Zeugs nicht schmeckt, bleibt uns wenigstens das Fladenbrot, dachte sie insgeheim.

Das bekräftigende Nicken der ganzen Runde wurde von einem »Oiso viermol Orientalisch« des oberösterreichischen Piercing-Girls besiegelt.

»Erzähl!«, eröffnete Johanna die Fragestunde. Alle Blicke waren auf Isabella gerichtet. »So gut wie du aussiehst, hat sich Regner gemeldet.«

»Unglaublich«, pflichtete Carola ihr bei. »Schlank bist du ja nun schon lange. Aber so gestrahlt hast du noch nie.«

Kathi nickte. »Stimmt. Du strahlst von innen heraus.«

Isabella wusste gar nicht, was sie sagen sollte.

»Also mit Regner hat es jedenfalls nichts zu tun. Er hat mir aus Deutschland geschrieben. Wie ihr gemerkt habt, fand ich es nicht einmal der Rede wert. Sonst wüsstet ihr es bereits.«

»Aus Deutschland? Wurde er strafversetzt?« Johanna grinste.

»Oder hat ihn seine Ehefrau aus dem Verkehr gezogen?«, setzte Carola eins nach.

»Er arbeitet jetzt für eine Flüchtlingsorganisation und wohnt in Brandenburg«, sagte Isabella. »Es tut ihm alles sehr leid. Wie ihr richtig vermutet habt, hat seine Frau einen Teil unserer Mails gelesen. Ich finde das unmöglich.

Ich würde nie Mails lesen, die nicht für mich bestimmt sind.«

»Ich schon«, gab Kathi zu. »Lieber ein bisschen schnüffeln als blöd sterben.«

»Aber das heißt doch, dass du deinem Partner nicht vertraust«, warf Isabella ein.

»Na klar hat sie dem nicht vertraut«, rief Johanna.

Die drei Frauen steigerten sich richtig in die Sache hinein. Für Isabella war sie abgeschlossen, die Diskussion langweilte sie eigentlich.

»Was hat er denn noch geschrieben?«, wollte Carola jetzt wissen.

»Ach, nichts weiter. Nur selbstmitleidiges Blabla. Ich hab nicht mal zurückgeschrieben. Ich muss allerdings zugeben, dass ich das noch immer über alle Maßen genieße.«

»Ich wusste, dass das nicht gutgeht«, sagte Carola mit ernster Miene.

Johanna nickte. »Ja, aber bevor man's nicht ausprobiert hat, weiß man's eben nicht. Manchmal trennen sich Männer ja doch.«

»Aber ich wollte ja gar nicht, dass er sich trennt«, seufzte Isabella. »Für mich war es perfekt, so wie es war. Ich frage mich nur, warum er es nicht übers Herz gebracht hat, mit mir darüber zu reden.«

»Weil er ein jämmerlicher Feigling ist«, sagte Kathi.

Das Piercing-Girl servierte nun die tiefen Teller mit dem Hummus und den Wachtelbohnen. Kathis Urteil leitete ein längeres Schweigen ein, in dem die Freundinnen ihr Frühstück genossen.

»Was ist eigentlich aus Prinz geworden?«, unterbrach Carola schließlich die Stille. »Ist der auch verschwunden?«

»Nein«, lächelte Isabella geheimnisvoll. »Der ist mir geblieben.«

»Seid ihr etwa zusammen?«, fragte Johanna.

»Wir sind immer wieder zusammen«, nickte Isabella. »Aber nicht fix zusammen, wie es manche nennen.«

»Was soll das schon wieder heißen?« Carola wurde sichtlich ärgerlich. »Entweder ist man zusammen oder eben nicht.«

Das wird jetzt anstrengend, dachte Isabella, aber Johanna kam ihr zu Hilfe.

»Du siehst das zu eng, meine Liebe«, belehrte sie Carola, »es gibt glücklicherweise noch ein paar andere Möglichkeiten, als sich einem einzigen Typen an den Hals zu schmeißen.«

Dann wandte sie sich Isabella zu. »Du bist wieder aktiv im Geschäft, stimmt's? Ich seh dir das an. Und es steht dir verdammt gut.«

»Ich war mit Prinz eisschwimmen«, erzählte Isabella nun. »Danach ist es einfach passiert. Ich dachte immer, es würde meinen ganzen Mut erfordern, nach so langer Zeit wieder mit einem Mann zu schlafen. Ich war vorher sogar bei Doris Grablowitz, weil mir ein paar Stellen meines Körpers Kopfzerbrechen bereitet haben. Die Vorstellung, dass ein Mann meine Dellen und meinen Bauch, die schwabbeligen Oberarme und Schenkel sieht, war mir unangenehm. Ich habe auch Sexliteratur und Dessous gekauft, aber dann ging alles so schnell.« Isabella trank von ihrem Mango-Lassi, die Runde horchte ihr andächtig zu. »Es hat mich überrollt und überwältigt, und nichts von dem, was vorher in meinem Kopf herumgeschwirrt ist, war mehr wichtig. Nicht mal die Dessous.«

»Oder die Shape Wear, in der du dich fühlst wie eine Knackwurst!«, ereiferte sich Kathi.

Isabella nickte. »Ich habe mich so, wie ich eben bin, wie die schönste und begehrenswerteste Frau der Welt gefühlt.«

»Und wie geht es jetzt mit euch weiter?«, fragte Johanna.

»Ich weiß es nicht«, sagte Isabella. »Ich will es auch gar nicht wissen. Ich will, dass es spannend bleibt und leicht. Ich will nicht, dass Sex ein Ritual wird. Vielleicht haben wir noch ganz oft Sex und vielleicht auch nie wieder.«

Kathi schüttelte den Kopf. »Strebst du etwa keine Beziehung mit Prinz an?«

»Ich habe eine Beziehung«, sagte Isabella. »Sie passt nur in keine Schublade.« Vor ihrem inneren Auge tauchten die Quadrate auf, die Prinz in der *Bristol Bar* auf die Papierserviette gekritzelt hatte. S, E, M, P. Und im Zentrum die Eisblume, deren Kristalle sich in alle vier Felder ausbreiteten. In diesem Augenblick wurde ihr bewusst, dass sie auch eine Eisblume war. Ein »Solitär«.

»Du strahlst schon wieder«, bemerkte Johanna.

»Ich bin gerade richtig glücklich«, sagte Isabella.

»Wir bestellen jetzt eine Flasche Champagner und stoßen auf dein Glück an«, beschloss Kathi. Carola und Johanna applaudierten.

Es war schon früher Nachmittag, als sie das *Tewa* beschwipst verließen und an der Secession mit der goldenen Kuppel vorbei Richtung Staatsoper schlenderten. Als sie sich bei der Ringstraße trennten, begann es am Himmel über Wien sanft zu schneien.

26

Isabella stand in ihrer Küche und blickte aus dem Fenster. Der blattlose Baum im Innenhof wog sich ganz leicht im Schneetreiben, das am frühen Nachmittag eingesetzt hatte. Dieses Mal könnte es sich also tatsächlich ausgehen, dachte sie. Vielleicht würde es nach Jahren mit deutlichen Plustemperaturen am 24. 12. endlich wieder einmal weiße Weihnachten geben. Zwar nur angezuckert, aber doch, dachte sie mit einem Schmunzeln und wandte sich beim Gedanken an das Wort »angezuckert« wieder ihrem Dessert, der *Crème Brûlée,* zu. Seit sie diese Wohnung vor mehr als zwanzig Jahren gekauft hatte, borgte sie sich am Heiligen Abend von den Nachbarn ein Flambiergerät aus, mit dessen Gasflamme sie den braunen Zucker über der Creme so lange flambierte, bis er schmolz und sich die unvergleichliche Kruste bildete, deren Farbe Isabella so sehr liebte. Es war ein ganz bestimmter Orange-Ton, der sich bilden musste, unter dem das Gelb der Creme dann hervorschien, durchsetzt mit kleinen, schokoladebraunen Punkten.

Papst Franziskus hatte zum Weihnachtsfest die »unersättliche Gier« der Menschheit kritisiert, die dazu führe, »dass einige wenige üppig schlemmen und so viele kein Brot zum Leben haben«. Sie war von seinen Worten berührt, vielleicht weil bei ihr nach der Interviewanfrage eine selektive Wahrnehmung eingesetzt hatte. Jene Gedanken, die dominieren, ziehen jeweils andere, ähnliche Gedanken an. Wer zum Beispiel gerade das Buch eines bestimmten Schriftstellers las, dem flogen unbewusst auch andere Werke und Aussprüche des Schriftstellers zu. Sie erzählte Marcelo und ihren Söhnen von der weihnachtlichen Rede des Papstes. Ihre ernsthafte Diskussion über die Schere zwischen Arm und Reich, die durch die Pandemie noch mehr auseinanderklaffte, hatte bei ihr zu dem Entschluss geführt, einen Bekannten einzuladen, mit dem es das Leben nicht so gut wie mit ihr gemeint hatte.

Josef war fünfzig und hatte Isabella Mahler einen Brief an ihre Tageszeitung geschrieben. Darin schilderte er der Journalistin, dass sie für ihn mit den Jahren wie eine Vertraute geworden sei und dass er sie nun dringend um Hilfe bitte. Erst habe seine Frau sich von ihm scheiden lassen, las Isabella und bemerkte die zittrige Handschrift, die immer kleiner wurde, was ein Hinweis auf eine neurologische Erkrankung sein konnte. Dann habe er seinen Job verloren, und nun drohe ihm die Delogierung, weil er seine Miete nicht mehr bezahlen könne. Isabella lud Josef ins *Media Quarter* ein und hörte ihm lange zu. Dann telefonierte sie mit der Stadt Wien und einer Hilfseinrichtung. Josef zog in eine kleinere, betreute Wohnung um, gleich bei Isabella um die Ecke.

»Nicht verschlingen und hamstern, sondern teilen und geben«, hatte das Kirchenoberhaupt in seiner Predigt gemahnt. Nur so könne Weihnachten »die Spirale von Gier und Maßlosigkeit« durchbrechen. Hehre Worte, sicher nicht zum ersten Mal gesagt, aber nach Isabellas Ansicht waren sie deshalb nicht weniger richtig, vor allem nach einer Pandemie, die die gesamte Menschheit heimgesucht hatte, und solange es noch immer Menschen wie Josef gab.

Das abgelaufene Jahr zog wie ein Film an ihrem inneren Auge vorbei, als Isabella die Knödel vorbereitete. Die Reise im Sommer, ihre Erschöpfung, mit der sie viel besser leben gelernt hatte. Die Freundschaft mit Prinz, der erste Sex nach so langer Zeit.

Isabella presste die weichgekochten, mehligen Kartoffeln durch ein Sieb, vermischte die Masse mit ein bisschen Grieß und Mehl, sie machte das immer nach Gefühl, fügte zerlassene Butter und ein Ei dazu, salzte und ließ die Knödelmasse im Kühlschrank ruhen.

Im Bratrohr schmorte die Biogans eines Klosters im Waldviertel schon seit dem späten Vormittag. Aus Isabellas Sicht waren die Knödel mindestens ebenso wichtig wie die Gans selbst. Sie gönnte sich einen kleinen Schluck desselben burgenländischen Rotweins, den sie schon seit vielen Jahren am Heiligen Abend zur traditionellen Weihnachtsgans servierte.

In diesem Moment betrat Marcelo die Küche.

»Wie das duftet!«, rief er. »Brauchst du Hilfe?«

»Ja, beim Trinken«, lachte Isabella und schenkte ihm auch ein Glas Rotwein ein.

Dann machte sie sich daran, das Rotkraut vorzubereiten. Kurz dachte sie an Regners Mail vor einem Jahr, in dem er erstmals seine Frau erwähnt hatte.

Langsam breitete sich in der Küche der ihr so vertraute Geruch von Weihnachten aus. Sie fühlte sich leicht, geradezu beschwingt. Da waren keine Fragen mehr, so wie letztes Jahr. Alles fühlte sich richtig an.

Gerade als sie die Hitze des Krauts etwas reduzierte, hörte sie das Signal einer eingehenden Nachricht auf ihr Mobiltelefon. Sie warf einen kurzen Blick auf das Display. Die Nachricht kam von Prinz. Isabella formte die Masse noch rasch zu Knödeln, wusch die Hände und trocknete sie mit einem Geschirrtuch ab. Dann widmete sie sich dem

Lebenszeichen von Prinz. Die Nachricht war ungewöhnlich lang, wie Isabella bei einem Vorab-Scrollen bemerkte. Sie konnte es kaum erwarten zu erfahren, was er ihr zu sagen hatte.

»Dearest!«, las sie und fühlte eine tiefe Wärme in ihr aufsteigen.

> *»Ich sitze gerade auf der Couch einer Suite des Hyatt in Tokyo und sehe durch die bodentiefen Fenster auf das Lichtermeer der Stadt herab. Ich habe bereits zwei kleine japanische Whiskys getrunken und bin mir deswegen nicht hundertprozentig sicher, ob es wirklich so eine gute Idee ist, dir jetzt eine Nachricht zu schreiben. Andererseits waren es ja nur zwei einfache, und ich esse gerade ein paar Sashimi von einem Fisch, dessen Namen ich mir nicht gemerkt habe. Ich bin erst seit knapp 36 Stunden in Japan, dennoch ist es viel greller, lauter und generell anders, als ich es mir vorgestellt habe. Es gibt einen geschäftlichen Grund für diese Reise, eine Transaktion, in der einer der reichsten Männer hier eine große Rolle spielt, und der einzige Grund, warum ich das hier erwähne, ist der, dass er selbst für japanische Verhältnisse äußerst öffentlichkeitsscheu ist. Es existiert praktisch kein aktuelles Foto von ihm, und ich weiß zwar nicht warum, aber es würde mich interessieren, wie du glaubst, dass er aussieht. Anmerkung an dieser Stelle: Vielleicht ist der japanische Whisky in Japan ja doch stärker, als ich dachte – das würde diese Frage erklären. Ansonsten gibt es noch einen*

zweiten Grund, warum ich jetzt hier im Hyatt Tokyo sitze, und der hat mit dem Land selbst zu tun. Die Transaktion selbst sollte innerhalb der nächsten Wochen über die Bühne gehen, oder etwas ist ziemlich falsch gelaufen (wovon ich jedoch nicht ausgehe). Mein Rückflug geht jedoch erst in drei Monaten. Ich habe hier noch einen weiteren Termin zehn Tage später vereinbart, der mich, um ehrlich zu sein, weitaus mehr interessiert als diese Transaktion. Es ist ein Treffen mit einem Mönch in der Nähe von Kyoto, der mir über Umwege empfohlen wurde. Es würde jetzt hier zu weit führen, warum und wie mir dieser Mann empfohlen wurde, aber er hat angeblich ein Stadium erreicht, in dem er abseits aller sogenannten irdischen oder menschlichen Bedürfnisse zu einem Blick auf das Ganze dahinter, was man auch immer darunter verstehen mag, gelangt ist. Ist vielleicht verrückt, und noch verrückter ist es wahrscheinlich, oder besser gesagt grenzwertig, dich mit diesem ganzen Nonsens zu belästigen, aber es ist derzeit das wahrscheinlich Einzige oder besser gesagt Letzte, das mich noch wirklich interessiert.
Mich interessieren weder Yachten noch Supermodels oder für meine Zwecke umgebaute Passagiermaschinen, das ist mir alles mittlerweile egal. Interessant ist allerdings, ob es wirklich jemandem hier auf diesem mehr oder minder hübschen Planeten – je nach persönlicher Situation – gelungen ist, hinter das Ganze zu blicken und ein besseres Verständnis zu gewinnen, was der ganze Wahn-

sinn hier eigentlich soll. An dieser Stelle beende ich meinen persönlichen Wahnsinn, dir diese Nachricht zu schreiben, und werde mir nach dem doch etwas eigenen Geschmack dieses mir unbekannten Fisches noch einen dritten einfachen Whisky gönnen – und ob du es glaubst oder nicht, selbst ein vierter ist nicht ausgeschlossen.

Cheers!

TP

PS: Ja, ich weiß, das Ganze klingt sehr nach ›Lost in Translation‹ und ja, ich habe diesen Film gesehen, und ja, der japanische Whisky hier ist noch einmal besser als in Europa, und nein, Scarlett Johansson liegt nicht in meinem Bett.«

Er hatte es wieder einmal geschafft, sie zum Lachen zu bringen. Sie hatte noch nie so viel mit einem Menschen gelacht wie mit Prinz. Nun war er also tatsächlich in Japan.

Isabella vermisste ihn nicht, sie hatte durch ihn einen anderen Zugang zu diesem weit verbreiteten Gefühl gefunden. Als sie ihm einmal geschrieben hatte, dass sie ihn vermisse, hatte er geantwortet: »Gewöhn dir das gar nicht erst an.« Damals hatte sie begonnen, darüber nachzudenken. Jemanden zu vermissen, hieß im Grunde, das Nicht-Zusammensein gering zu schätzen. Es gehörte aber zu einer Freundschaft ebenso dazu wie das Zusammensein. Wie die Nacht zum Tag, die Hitze zur Kälte, das Gefühl zum Verstand. Und obwohl Prinz nun 9000 Kilometer entfernt in einem Hotel in Tokio saß, war sie ihm doch irgendwie nahe. Außerdem, überlegte sie, könnte sie ihn ja vielleicht einmal besuchen.

Sie hatte keine Ahnung, wie diese Distanz sich längerfristig auf ihre *relationship* auswirken würde, aber aus welchem Grund auch immer beunruhigte sie das nicht in geringstem Maße.

27

Isabella dachte, dass die erste Jänner-Woche noch nie so schnell verflogen war, wie in diesem noch so jungen Jahr. Weihnachten und Silvester waren sehr schön und sie war in einer seltsamen euphorischen Hochstimmung gewesen. Jetzt saß sie in ihrem Wohnzimmer und verfolgte den Nachrichten-Klassiker um 22 Uhr, die *ZIB 2*, auf ihrem Mobiltelefon. Sie hatte mit Reisig und kleineren Holzscheiten Feuer gemacht. Die Flammen schmiegten sich an das hitzefeste Fenster ihres Ofens. Sie mochte diese Tage, in denen sich eine ganz spezielle, melancholische Stimmung breit machte. Wieder war ein Jahr vergangen, das zweite der Pandemie. Wieder spürte sie die Vorfreude auf das, was kommen würde, in sich. Das Leben war so kostbar. Nie wurde ihr das mehr bewusst, als wenn eine neue Zeitrechnung begann. 2022, eine wunderschöne Zahl. Das letzte Jahr, in dem bei ihrem Alter noch ein Fünfer vorne stand.

Am 1. Jänner, als sie wie immer das Neujahrskonzert der Wiener Philharmoniker auf der Wohnzimmercouch genoss, hatte sie eine Nachricht von Agnes erhalten. »Liebe Isabella! Wollen wir uns auf einen Kaffee treffen? Agnes.«

Sie ließ sich mit ihrer Antwort Zeit. Wenn sie ehrlich war, wusste sie nicht, ob sie dafür schon bereit war. Wahrheitsgetreu schrieb sie: »Liebe Agnes! Ich weiß es nicht. Gib mir bitte noch etwas Zeit.«

Isabella genoss die besondere Wärme, die nur ein Holzfeuer erzeugen konnte. Innenpolitik wurde diesmal erstaunlich schnell abgehandelt und dann fast übergangslos nach Rom geschaltet. Die Korrespondentin stand auf dem

Petersplatz und schilderte mit etwas zu schneller Sprechgeschwindigkeit, wie Isabella fand, die aktuellen Ereignisse im Vatikan. Offensichtlich spekulierte der Papst mit Rücktritt. Seit Benedikt das jahrhundertelange Gesetz durchbrochen hatte, dass ein Papst nur durch den Tod abtrat, war diese Möglichkeit nicht mehr völlig ausgeschlossen. Wenn er tatsächlich zurücktritt, dachte Isabella und streichelte Prinzessin, die sich zu ihr gelegt hatte, dann gäbe es mit dem neu gewählten schon drei Päpste. Zwei zurückgetretene und einen amtierenden. Eng würde es wahrscheinlich trotzdem nicht werden, im Castel Gandolfo.

Die Korrespondentin hatte inzwischen geendet, und nun war ein sogenannter »langjähriger Kenner des Vatikans« zugeschaltet, der auch bereits einige Papst-Biografien und Bildbände über den Stadtstaat verfasst hatte. Isabella hatte seinen Namen noch nie gehört, und da er nur kurz als Insert eingeblendet war, vergaß sie ihn auch sofort wieder. Der Vatikan-Experte schilderte die aktuellen Grabenkämpfe, erklärte, dass Franziskus aufgrund seines neuen Stils nicht nur Freunde gewonnen habe und er dennoch oder gerade deswegen der größte Glücksfall für die katholische Kirche sei, der je habe eintreten können. Gegen Ende des Gesprächs wurde der Vatikan-Experte erstaunlich eindeutig und entschlossen. Die Gerüchte über einen möglichen Rücktritt von Franziskus seien falsch und entbehrten jeder Grundlage. Sie wären vielmehr von seinen Gegnern bewusst gestreut worden, um seine Position zu schwächen. Der Papst erfreue sich bester Gesundheit und Schaffenskraft.

Dann kann er mir ja auch ein Interview geben, dachte Isabella. Die Wetterprognose erschien nach der Meldungsübersicht, und Isabella schaltete ihr Mobiltelefon aus. Der Akkustand war bereits – wie immer in letzter Zeit – bedenklich niedrig, und sie beschloss, es über Nacht aufzuladen. »Über Nacht« bedeutete in der Regel, bis sie wieder aus dem Bad kam und ins Bett ging. Sie wusste, dass es nicht gesund war, dass sie wahrscheinlich schlechter schlief mit diesem elektronischen Begleiter, aber sie konnte sich trotzdem nicht mehr vorstellen, ohne Mobiltelefon schlafen zu gehen. Das Feuer im Ofen war zu einem roten Glosen geworden. Isabella streckte sich, und es kam ihr vor, als hätte Prinzessin mit einem langgezogenen Katzengähnen nur auf diese Bewegung gewartet. Wie ihr zwei Tage später am Fensterplatz einer AUA-Maschine nach Rom noch einmal bewusst wurde, hatten an diesem Abend weder sie noch ihre Katze auch nur die geringste Vorahnung von dem versiegelten Brief gehabt, der ihr tags darauf zugestellt wurde.

28

Das Erste, was ihr wie immer in Rom auffiel, war die Wärme. Es war so herrlich warm hier, viel wärmer als in Wien, und es gab auch keinen Nebel oder Schnee. Dafür Sonne, einen strahlend blauen Himmel und das warme Licht des Vormittags. Isabella nahm eines der Taxis vor dem Flughafen, ein italienischer Nachrichtensprecher erzählte etwas im Stakkato-Tempo, anscheinend Sport, wahrscheinlich Fußball, wie Isabella vermutete, und ihr Fahrer, Isabella schätzte ihn auf Anfang fünfzig, hatte offensichtlich vor wenigen Minuten noch geraucht. Sie genoss die Fahrt durch das Verkehrschaos der Ewigen Stadt, lauschte den für sie unverständlichen Ergebnissen, die der Radiosprecher immer schneller verkündete und die wie ein melodischer Popsong voller Vokale klangen, sog die Luft aus Abgasen, Zigarettenrauch und Essensgerüchen von der Straße ein und ließ sich von der langsam stärker durch das Fenster hereinscheinenden Sonne wärmen.

Sie hätte noch Stunden durch die Stadt gleiten können, aber sie waren angekommen. Isabella gab dem Fahrer ein großzügiges Trinkgeld und zwei *Grazie mille* später stand sie mit ihrem Koffer vor dem ornamentverzierten Portal ihres Hotels. Sie checkte ein, breitete das mitternachtsblaue Sakko, das kurz vor Silvester noch aus London eingetroffen war, auf ihrem Bett aus und beschloss, auf der vor dem Hotel liegenden Piazza noch einen Espresso zu nehmen.

Das Schreiben in dem Umschlag mit dem aufgebrochenen Siegel aus rotem Wachs legte sie in ihren Koffer. Sie wusste nicht, warum, aber es widerstrebte ihr, diese so wichtige Nachricht offen in ihrem Zimmer liegen zu lassen. Sie hatte sich im Laufe der Jahre angewöhnt, ihrem Instinkt zu vertrauen.

Es war noch Zeit. Mehr als genug Zeit in jedem Fall, um noch Kaffee zu trinken. Der Vatikan war fünf Gehminuten entfernt, und sie kannte das Gebäude, das sie zuerst aufsuchen musste. Sie beschloss, noch einmal kurz zu duschen. Nur mit einem Handtuch bekleidet, trat sie an das Fenster, vor dem sich ein kleiner schmiedeeiserner Balkon erstreckte. Sie stand da und ließ sich von der Sonne Roms trocknen. Sie fühlte sich lebendig. Voller Energie. Der Espresso würde wundervoll schmecken. Heiß und cremig. Sie nahm immer etwas Milch dazu. Dieses Mal würde sie ihn schwarz trinken.

Ende

DANKSAGUNG

Niemand schreibt einen Roman alleine. Es steht zwar ein Name auf dem Cover, doch arbeitet stets ein ganzes Team im Hintergrund. Ganz besonderen Dank an Bernhard Salomon, den besten und genialsten Verleger, den man sich nur vorstellen kann. An Cajetan Hammerl, Bastian Welzer und Sebastian Maurer für die Regie, Isabella Starowicz für das Layout. Lera Gridneva für das außergewöhnliche Cover, Maria Fatoba für das Lektorieren des Buches. Meinen Söhnen Alex und Tilly für ihren Langmut. Martina Prewein für ihr untrügliches Gespür. Susanne Dethlefsen für ihren Rat. Sonja Rosenberger für ihren messerscharfen Blick aus der Mitte Österreichs. Marlene Postl, dem neuen Star im nicht ganz einfachen Geschäft des Journalismus. Katja Burkard für ihre ehrliche Meinung und Professionalität. Anna Jurik für aufmunternde Kaffeepausen. Marcelo Beckerling-Pira für den kühlen Blick auf heiße Themen.

Ich danke Friso Schopper, den Barkeeper mit dem schönsten Haupthaar Wiens, dem elegantesten Champagner und der besten Trüffelsalami. Danke auch an Stefan Wasserl für seine Inspirationen und dafür, dass er immer einen Tisch in der Bristol Bar hat. An das Team des unvergleichlichen Lokals Shiki für seine Kunstwerke. Danke der grandiosen Frühstücksmannschaft des Tewa am Naschmarkt. Dem Team des Radisson Blu Style Hotels für seine Gastfreundschaft und Aufmerksamkeit. Meinem »Adlerauge« Margit Bandera für ihre Geduld und Liebenswürdigkeit. Michael Wiklund und Barbara Rothmüller für ihre professionelle Unterstützung. Last but not least danke ich Agnes, der besten Zahnärztin Wiens.

And a very, very special thanks to the man,
who wasn't there…

Conny Bischofberger
HERZSCHWEISSEN
ROMAN
edition a

Conny Bischofberger
Herzschweißen

Pingpong. Wie kleine Bälle flogen die Mails zwischen ihnen hin und her, mal in atemberaubendem Tempo, da ging es um Minuten und Sekunden, dann wieder gönnten sie sich Pausen. Mit jeder Nachricht gingen sie mehr in die Tiefe. Pingpong. Wie leicht und fröhlich das klang. Küsse mit Worten. Sex auf dem Mars. Sie spielten Pingpong miteinander und mit ihren Gefühlen. Freude, Fantasie, Freiwilligkeit. Das waren die Spielregeln. Isabella war süchtig geworden nach diesem Spiel.

320 Seiten, 22 €
ISBN: 978-3-99001-462-2